이영숙 인문학 에세이

낮
12시

이영숙 인문학 에세이 낮 12시

발행일	2018년 6월 29일

지은이	이 영 숙
펴낸이	손 형 국
펴낸곳	(주)북랩
편집인	선일영 · 편집 · 권혁신, 오경진, 최승헌, 최예은, 김경무
디자인	이현수, 김민하, 한수희, 김윤주, 허지혜 · 제작 · 박기성, 황동현, 구성우, 정성배
마케팅	김회란, 박진관, 조하라
출판등록	2004. 12. 1(제2012-000051호)
주소	서울시 금천구 가산디지털 1로 168, 우림라이온스밸리 B동 B113, 114호
홈페이지	www.book.co.kr
전화번호	(02)2026-5777 · 팩스 · (02)2026-5747

ISBN   979-11-6299-204-3 03810 (종이책)   979-11-6299-205-0 05810 (전자책)

이 도서의 국립중앙도서관 출판예정도서목록(CIP)은 서지정보유통지원시스템 홈페이지(http://seoji.nl.go.kr)와
국가자료공동목록시스템(http://www.nl.go.kr/kolisnet)에서 이용하실 수 있습니다.
(CIP제어번호: CIP2018019983)

(주)북랩 성공출판의 파트너

북랩 홈페이지와 패밀리 사이트에서 다양한 출판 솔루션을 만나 보세요!

홈페이지 book.co.kr   •   **블로그** blog.naver.com/essaybook   •   **원고모집** book@book.co.kr

이영숙 인문학 에세이

낮
12시

북랩 book Lab

니체는 태양의 철학, 정오의 시간을 강조했다.

낮 12시는
물체와 그림자의 크기가 동일한 실존의 시간이다.

어느 날 강력한 모토로 다가온 인문학의 화두인 '나는 누구인가 (Who am I),' 거기에 부정할 줄도 모르며 지배 질서의 도덕을 착실히 학습하는 낙타가 보였습니다. 주어진 상황을 회의하는 법 없이 대체로 긍정하는 견인주의자, 그것이 지금까지 낙타로 살아온 저의 이력이지요. 그동안 자신의 실존도 제대로 읽지 못하면서 이 세밀한 세계를 읽고 대상을 글로 묘사할 수 있다고 여겼으니 얼마나 무지몽매한 일인가요?

한때 니체는 저를 '나는 누구인가?'의 화두에 갇히게 한 인물입니다. 이제는 무조건적 복종이 아니라 불의한 것에는 "아니오."라고 부정할 수 있는 단계, 니체가 짜라투스트라의 입을 빌려 말한 '사자의 단계'에 이르러야 한다고 일깨운 인물이지요. 그 영향으로 쓴 선언적인 시가 「사자는 짐을 지지 않는다」입니다.

　　낙타는 제 어미의 어미처럼
　　짐꾼 앞에 무릎 꿇고 등을 주지만

사자는 제 어미의 어미처럼
그 누구에게도 몸을 굽히지 않는다

채찍을 기억하는 낙타는
채찍 안에서 자유를 찾지만

정글을 기억하는 사자는 자신에게서 자유를 찾는다

낙타는 짐꾼을 기억하며 무릎을 꿇고
사자는 초원을 기억하며 무릎을 세운다

- 이영숙, 「사자는 짐을 지지 않는다」 全文

　낙타는 제 어미가 그랬고, 그 어미의 어미가 그래 왔듯이 아무런
의심 없이 짐을 지고 사막을 행진합니다. 그러나 사자는 제 어미의
어미가 그래 왔듯이, 상황을 회의하며 함부로 몸을 굽히지 않지요.
사막의 채찍을 기억하는 낙타와 정글의 자유를 기억하는 사자의 모
습은 무엇이 다를까요. 먹이 앞에서 무릎을 꿇거나 무릎을 세우는
일, 즉 그 인식의 초점이 주인과 노예의 습성에 있는 것입니다. 비록
정글의 삶은 항상 적에게 노출돼 있고 어렵게 먹이를 구해야 하는
고단한 여정이지만, 사자는 육체의 허기를 채우려고 정신의 자유로

움과 맞바꾸지 않는다는 의미겠지요.

니체는 인간 정신의 세 가지 변신 과정을 낙타 → 사자 → 어린이
로 설명합니다. 기본 배경이 되는 사막은 우리가 살아가는 현실을
의미하고 용은 명령하는 주체로서의 지배 담론과 권력을 상징합니
다. 그리고 정신에서 낙타는 노예 도덕, 사자는 주인 도덕, 어린이는
창조 도덕을 상징하지요. 창조는 기존의 가치 파괴 없이는 이룰 수
없습니다. 기존 관념에 갇히지 않고 부정마저도 긍정으로 변화시키
는 액체와도 같은 사고를 지닐 때 비로소 가능하지요.

박제된 제도는 기존 도덕을 긍정하며 자동화된 삶을 학습하는 고
체화된 공간입니다. 사막과 제도라는 공간을 자각하는 순간 사자처
럼 정글의 자유를 향유할 수 있지요.

우리를 자본의 노예로 가둬 놓고 낙타 같은 의식으로 자동화시키
는 상업자본주의 도시는 또 하나의 사막이며 낙타로 길드는 공간입
니다. 화려한 시스템에 감염된 사람들은 아바타처럼 휘청거릴 뿐, 도
시의 물살을 타고 넘는 것은 인공심장을 할딱이는 엔진 소리뿐이에
요. 장자(莊子)처럼 소요유(逍遙遊)하며 구만리를 날 수 있는 대붕(大
鵬)의 자유를 꿈꾸지 않는 사람들, 그 무리에 저도 있었습니다.

어느 순간 어떠한 관념에 갇혀있지 않고, 스스로 굴러가는 수레
바퀴 놀이를 할 줄 알고 사랑할 줄 아는 어린이 정신이 부러웠지요.
태풍을 타고 구만리를 나는 대붕처럼 현실을 회피하지 않고 그 바
람을 타고 넘는 자유가 그리웠습니다. 그것이 니체가 말하는 초인정

신이겠지요.

태풍에 전복되는 삶이 아니라 태풍을 타고 하늘을 날 수 있는 자유, 그 태풍을 예술로 승화시키는 글을 쓰고 싶었고 그 일이 공동체의 공동선과 연결되는 여정이길 소망했습니다. 그런 연장선에서 나온 생각 모음이 『낮 12시』입니다. 이 책이 태풍을 타고 함께 비상할 수 있는 동행을 찾아 떠나는 작은 출발점이라면 좋겠습니다.

2018년 초록 우거진 숲속에서

명서(明書)

제2부 흐르는 것들은 아름답다

제3부 열매는 매달린 만큼의 꼭지를 만든다

제4부 잃어버린 시간을 찾아서

제1부

정오의
思考

니체는 태양의 철학, 정오의 철학을 강조했다.
낮 12시는 물체와 그림자의 크기가 동일한 실존의 시간이다.

낮 12시

아슬아슬한 로프에 매달린 채, 수천 년 바위를 덮은 눈과 독대하며 그는 어떤 생각을 하였을까? 〈히말라야〉의 주인공 엄홍길 산악인. 사람들이 그에게 산을 정복할 때 어떤 기분이 드느냐고 물을 때가 있다. "산은 정복하는 것이 아니라, 신이 허락해 주셔서 잠깐 머물다 내려가는 것이다. 나는 거기서 나 자신을 만나는데, 극한의 순간에는 가면을 벗은 민얼굴이 나온다. 아마도 대부분의 사람은 제 얼굴을 모른 채 살아갈 것이다." 라는 그의 대답이 돌아온다. 우문현답이다.

산악인에게 산은 성전이며 몸은 그대로 기도이다. 빛은 자체로 큰 무기이고 인간이 범접할 수 없는 부분이다. 무한처럼 펼쳐진 설산에서 설맹(雪盲)에 들 때면 내면으로 창을 트는 시야, 이 우주에 던져졌을 태초의 모습을 만날 것이다.

설산에서의 면벽이 내면으로 길을 트는 시간이라면, 낮 12시, 정오 시각의 눈뜸도 자아(自我)로 복귀하는 자연의 시간이다. 머리를 쥐어짜는 고통 없이 그대로 해석 가능한 모습, 그림자의 길이로 원형을 분석하는 시간이 아니라 민얼굴, 민낯 그대로를 드러내는 시간이다. 가면을 쓴 자아와 민낯의 자아, 지킬 박사의 모습에 어룽거리는 하이드, 그 모습이야말로 우리의 이드(id)가 아닐까.

히말라야는 신의 허파이다. 그들은 영원한 신의 영역에 오르면서 무엇을 알고자 했던 것일까? 시인들이 이 세상에 없는 계절을 찾아 문장 등반을 하며 진아(眞我)를 찾아가듯, 어쩌면 산악인들의 등반 또한 진아 찾기의 과정일 지도 모른다. 위태로운 로프에 목숨을 걸고 면벽의 시간에 드러낸 실존은 질료와 그림자가 일치한 시점이다. 모래에 꽂은 막대기와 그림자가 일치하는 시간이 바로 낮 12시, 정오의 시간이다. 히말라야 곳곳에 이정표처럼 누워있는 수많은 주검, 그 주검들을 안내판 삼아 산을 오르는 산악인들, 그 아이러니한 그 모습이 우리의 인생이다.

한 세기도 못살면서 영원히 살 것처럼 탐욕의 바벨탑을 쌓고 사는 우리, 리허설도 없는 단막의 무대에서 무엇을 얻자고 하는 것일까. 애플사의 창업자인 스티브 잡스도 그 많은 부로도 자신의 죽음을 막지 못했다. 하늘 가는 길에 어마한 금고 안의 동전 하나 가져가지 못했다. 생전에 일을 빼놓고는 즐거움이 별로 없었노라는 그의 고백은 땅강아지처럼 땅만 보며 사는 우리에게로 향하는 고백이기도 하다. 아테네 철학자 소크라테스하고 한나절을 보낼 수만 있다면 애플이 가진 모든 기술을 주겠다는 그의 웃기면서도 슬픈 이야기는 지금 살아있는 자들이 풀어야 할 숙제이다.

창고에서 미처 걸지 못한 달력을 꺼냈다. 망치로 탕탕거리며 못을 박고 시간을 건다. 못 치는 소리가 가슴으로 이동할 때 지난날 나로 살지 못한 시간이 의붓자식처럼 서성이다 쓰레기통으로 하강한다. 늘 연초의 다짐이 그랬듯이 낮 12시, 가면을 벗어던진 정오의 자아로 사는 길을 모색한다.

지금쯤 하늘에서 스티브 잡스가 소크라테스를 만났다면 무슨 말을 들었을까? "무대에서 내려와 너로 살라!"고 주문했을 것이다. 살면서 긴 그림자를 만드는 일, 조명 드리운 무대에서 가면을 쓰고 타자로 살아온 삶의 모습이다. 이대로 망치를 들어야 한다. 잘못된 신념은 과감히 깨부수고 낮 12시, 정오의 시간에 머물면서 민낯으로도 행복하게 살 수 있는 길을 터야 한다. 그것이 정글의 원숭이처럼 나무에서 자유롭게 재주 부리며 사는 길이다.

장자(莊子)의 자유

멀리 조각배를 타고 물고기를 낚는 두 사람의 모습이 보인다. 장자(莊子)의 자유를 누리는 한유로운 모습이다.

'혜고부지춘추(蟪蛄不知春秋), 조균부지회삭(朝菌不知晦朔).' 쓰르라미는 여름 한 철만 살기 때문에 봄가을을 모르고 아침 버섯은 아침에 나서 저녁에 죽기 때문에 그믐과 초하루를 모른다. 우리도 그러한데 보장된 내일도 아니면서 천 년을 살 것처럼 일을 벌이고 산다. 모처럼 일을 내려놓고 머리를 식히고자 찾은 진천 농다리 둘레길. 그러나 몸과 정신은 분리되어 오롯이 그 시간대에 머물지 못하고 부유하는 느낌이다. 미루나무만큼의 높이에서 뱁새로 살면서 어찌 대붕의 자유를 말할 수 있을까.

조각배 위의 두 사람의 모습이 마치 트리나 폴러스의 동화 『꽃들에게 희망을』에서 주인공 줄무늬 애벌레가 만난 노랑 애벌레 같다. 치열한 경쟁을 하며 꼭대기를 향해 기어오르는 기둥에서 만난 노랑 애벌레는 주인공이 깨달은 통찰이다. 경쟁하듯 오른 기둥의 끝에서 아무것도 발견하지 못하고 허탈감만 느낀 줄무늬 애벌레는 그를 통해 나비로 진화하는 법과 꼭대기는 기어가는 곳이 아니라 날아올라야 하는 곳임을 깨닫는다. 나비와 대붕이 되지 못하는 애벌레와 뱁새의 하루가 싱겁게 흐른다.

진화가 덜 된 겨자씨만 한 눈으로 강물 위 풍경을 넣으려니, 화면 가득 무표정한 내가 보인다. 그 모습을 잡겠다고 또 하나의 셔터가 나를 향하고 길옆 반사경은 그런 우리의 모습을 나란히 담는다. 순간 큰 웃음이 씨앗처럼 터진다. 절묘한 순간의 깨달음이다. 벗은 누렇게 말라 흐느적거리는 풀대를 젖히더니 미국자리공을 찾아낸다. 단추처럼 오밀조밀한 동그란 속대 두어 개를 꺼내 액세서리로 달아주고는 아이처럼 방실거린다. 하나둘 식물의 이름을 알고 나니 산행이 달라진다. 납작하게 떨어지는 세속의 시간은 겨울나무 빈 가지에 걸어두고 뉘엿뉘엿 해 질 녘까지 흐느적흐느적 걷고 또 걸었다. 시간이 흐르면서 몸처럼 마음도 가벼워진다.

가끔은 느닷없이 찾아와 낚아채듯 나를 산과 들로 데리고 나서는 벗이 있어 좋다. 봄이 오면 생강나무의 알싸한 향기를 맡게 하고 여름이면 환삼덩굴로 훈장을 달아주며 가을이면 박하 잎을 따서 고된 목을 풀어주는 호모루덴스(Homo Ludens), 야생에서 놀이하는 자연을 닮은 사람이다. 오늘은 예고 없는 일정이지만 현기증을 일으키는 도심에서 벗어나 잠시 고대의 호모루덴스로 살아본 시간이다.

온 생애를 흔들어대던 고된 노역이 주홍빛으로 저물어가는 시간, 돌로 이어진 지네 모양의 농다리를 건너오면서 물살을 타고 헤엄치는 물고기 지느러미에 눈길이 닿는다. 내 장딴지는 천 년을 버티는 농다리의 기둥도 못되면서 비계만 키우고 깊은 코는 젖은 머리카락에서 난다는 사과 반쪽의 냄새도 모르지만, 물살을 어르는 물고기의 몸짓에서 어렴풋이 진리를 포착한다.

돌아오는 길에 차창 밖으로 하얀 고치들이 비듬처럼 떨어진다. 인생의 반환점을 도는 시점에서 이제는 나비처럼 날아오르는 자유와 대붕처럼 구만리를 나는 자유를 누려야 할 때이다. 기약된 내일은 없다. 문장의 퇴고(推敲)는 가능하지만, 인생은 퇴고할 수 없으므로 오류 많은 과거 일로 후회하거나 오지 않은 미래를 염려하느라 오늘을 저버릴 수는 없다. 오늘 같은 내일이라야 미래도 있다.

영원한 현재를 잡는 창조 괴물

인문학 강의가 있어 발길을 재촉했다. 영원한 현재를 주장하는 철학자, 강신주!

역사학자이며 독립운동가이셨던 신채호 선생의 불굴의 혼을 들고 〈죽은 시인의 사회〉 키팅 선생처럼 '카르페 디엠'을 외치며 그가 왔다.

"수처작주 입처개진(隨處作主 立處皆眞), 가는 곳마다 주인이 되고, 서는 곳마다 참되게 한다." 그가 두 시간 내내 강조한 주제는 영원한 현재에서 참된 나로 사는 길이다. 주인으로 살 것인가, 노예로 살 것인가. 부화뇌동하는 노예가 되지 말고 물구나무선 삶일지라도 자신이 원하는 삶의 긍정적인 괴물이 되라는 전언이다.

몇 해 전 우연히 강신주의 인문학 강의를 듣고 그가 쓴 몇 권의 철학 서적을 탐독하였다. 그 후, 『사자는 짐을 지지 않는다』는 좌우명 격 시를 쓰며 왜곡된 가치관을 내려놓을 수 있었다. 그동안 나는 지배 질서의 도덕을 한 치의 의심도 없이 착실히 학습하는 사막의 낙타였다. 주어진 상황을 비판적 분석 없이 대체로 긍정하는 자동화된 노예, 그것이 지금까지 낙타 무릎으로 살아온 내 삶의 이력이다. 자신의 실존도 제대로 읽지 못하면서 이 거대한 세계를 읽고 대상을 시로써 묘사할 수 있다고 여겼으니 참으로 무지몽매했다.

오아시스가 있는 곳에는 반드시 사원이 있고 우상숭배가 있다고 니체는 말했다. 또한, 그곳에는 반드시 짐꾼의 길을 걸어가는 낙타가 있다고 했다. 낙타와 사자의 삶은 자본주의 시스템이 제시하는 주인과 노예의 도식이다.

우리를 자본의 노예로 가두고 낙타 의식으로 무릎 꿇게 하는 자본주의 도시는 또 하나의 사막이며 낙타로 길드는 판옵티콘(Panopticon)이다. 화려한 물질주의에 감염된 도시에서 삼백예순날 인공심장을 할딱이는 냉장고의 엔진일 뿐이다.

장자(莊子)처럼 소요유(逍遙遊)하며 구만리를 날 수 있는 대붕의 자유는 오아시스의 유혹과 연못의 실상을 인식하는 데서 출발한다. 대체로 자본이 제공하는 화려한 미끼에서 오롯이 자유로울 수는 없다. 적어도 새끼를 낳은 어미라면 일정 시기 동안은 낙타로 살 수밖에 없는 노릇이다. 그러나 이제는 미끼를 받아먹는 연못에서도 벗어나야 한다. 연못 또한 기존 도덕을 긍정하며 자동화된 삶을 학습하는 고체화된 공간이기 때문이다. 사막과 연못이라는 공간을 자각하는 순간 사자처럼 정글의 자유를 누릴 수 있다.

신채호 선생이 강조한 자강(自强)과 니체가 강조한 초인(超人), 아모르 파티(Amor fati), 키팅 선생이 제시한 카르페 디엠(Carpe Diem), 강신주 철학자가 강조한 괴물(怪物)은 모두 같은 맥락이다.

'괴물'이라는 비유로 청중을 압도한 그가 우리에게 던진 괴물이라는 단어의 진정한 의미는 공장의 기성화처럼 규격화된 시류에 편승한 어정쩡한 부류가 아니라, 완벽한 주체로서의 자아이며 자강, 초인, 창조적 인물일 것이다.

자신이 좋아하는 일을 하면 주인이고, 남이 좋아하는 일을 하면 노예라는 공식, 물론 내게도 유익한 그 일이 타자에게도 유익한 일인지는 진정한 지성이 따른다.

자본의 수레바퀴에서 잃어버린 정글의 자유를 찾으려면 짊어진 짐의 성격을 분석하고 사자처럼 "아니요."라고 말할 수 있는 용기가 필요하다. 늘 새로워지고자 하는 것, 끊임없이 자기 파괴를 통한 가치 창조, 그것이 자강이고 영원한 현재를 살아가는 창조적 괴물로 존재하는 길이다.

햇빛 받는 내편아이

　　　　　　　　홍상수 감독의 영화 〈밤의 해변에서 혼자〉를 니체의 시각으로 해석하면 무리일까. 해변에서 막대를 꽂고 앉은 주인공 영희, 막대와 영희의 그림자는 각각의 실체와 일치한다. 이 영화를 실존이라는 트랙에 올려놓고 감상해도 지나친 논점의 일탈은 아닐 것이다. 주인공 영희가 계속해서 반복하는 질문인 "당신, 나 알아?"는 꿈틀거리는 무의식, 자아와 초자아를 등에 지고 갈등하는 주인공의 내면을 살피면서 오롯한 실체를 찾는 실존 문제로 해석했다. 즉, '내일은 내일에게'라는 니코스 카잔차키스의 『그리스인 조르바』적 사고이다.

　　그리스의 지중해는 늘 일조량이 넉넉한 곳이란다. 그래서일까. 그곳 사람들의 표정은 늘 느긋하고 안정돼 보인다. 인간의 감정이 날씨와도 영향 관계가 있다고 한다면 충분히 일맥상통한 부분이다.

누군가 햇빛을 실존의 상징이라고 말했듯, 그날그날 현재를 중시하는 사고를 지중해성 철학이라 말한다. 같은 바다를 보고도 날마다 새롭게 바라볼 줄 아는 사고가 바로 알베르 카뮈의 작품 『이방인』의 뫼르소적 사고이다.

만지고 느끼고 찢는 형이하학적 사고에 가깝다 보니 요즘 들어 모든 것이 새롭다. 햇빛 쏟아지는 하늘도 새롭고 압력밥솥이 빙글거리며 돌아가는 모습이나 욕실 가장자리에 놓인 칫솔도 새롭다. 일상적인 것들과 낯익은 것들의 재발견이다. 인생의 전반부가 '오름'이라면 인생의 후반부는 '내림'이고, 인생의 전반부가 형이상학적 가치들의 향연이라면 인생의 후반부는 형이하학적 가치들의 재발견인 듯싶다.

원점으로 돌아와 다시 일상을 바라본다. 햇볕 따갑다고 우산 펼 일 아니고 밥솥의 추가 시끄럽다고 귀 막을 일이 아니다. 그때마다 있어야 할 것들이고 없어선 안 될 삶의 소중한 부분이다. 그러고 보니 나 자신도 그랬다. 남을 먼저 살피느라 자신은 늘 뒷전에 밀려 있었고 나는 늘 그런 사람이라는 인식이었다. 남을 위한 배려라는 등불을 걸고 산 밤의 시간이 너무 길다. 영화 〈밤의 해변에서 혼자〉의 주인공 영희의 "당신, 나 알아?"라는 질문처럼 어둠 속에서 배회하며 갈등한 것들의 재발견이다.

물, 불, 흙, 공기 같은 4원소의 역할, 화장실, 칫솔, 머리빗, 신발 등 너무 낯익어서 가치를 발견할 수 없던 것들이 새롭게 조명된다. 그

것들이 새로운 가치들로 부상하는 요즘, 나 역시도 오롯이 나일 수 있는 현실적인 시간으로 돌아오는 중이다. 뫼르소나 조르바, 니체 모두 내일은 내일에게 미뤄두고 오늘의 주인공으로 산 실존주의자들이다. 통념이라는 것들에 대한 망치를 휘두르며 새로운 가치들을 세워나간 창조적인 사람들이다.

내게 요즘 햇빛은 망치이다. 하늘에서 쏟아지는 햇살을 받으며 두 발로 직립하는 지금 이 순간이 내가 나일 수 있는 실존의 순간이다. 영희가 막대를 꽂아 놓고 앉아 있는 시간, 그녀의 반 접힌 몸만큼의 그림자가 드리워진 해변의 시간, 타자로 살아온 그녀처럼 본질적인 자아를 만나는 시간이다. 배려와 연민이라는 미명, 그 이타주의마저도 결국은 심각한 이기주의라는 것을 깨닫는 데 너무도 오랜 시간이 걸렸다. 형식적인 인간으로 사느라 저 무의식의 심연에서 굼벵이처럼 쪼그리고 있는 내면아이, 이제 그 내면아이를 불러내 햇볕을 쬐어 줄 시간이다.

플라톤 커피

매주 금요일은 '나를 만나는 시간'이다. 기분에 따라 도서관이나 카페로 가기도 하고, 들녘으로 나가 야생이 되기도 한다. 세상 문으로 향하는 길에 빗장을 걸어놓고 평소 시간에 쫓겨 읽지 못한 책을 읽거나 글을 쓰기도 한다.

올해는 동서양 철학사를 훑으며 긴 사상 여행을 하면서 인식의 지평을 넓혀 나갔다. 그리스 아테네 철학 부분은 연세대학교 김상근 교수의 인터넷 강의를 통해 보충하면서 보물창고 같은 유튜브의 강연들을 많이 활용했다.

서양철학은 플라톤의 각주라고 할 만큼 지금도 플라톤을 떠나서 철학과 인문학을 논하기는 어렵다. 얼마 전 학생들과 그리스 철학의 핵이라고 기준할 만한 플라톤의 「동굴의 비유」를 감상하며 생각을 나눴다. 학생들은 자유로운 토론 수업을 통해 '동굴'은 우리가 살아가는 세상이고 '쇠사슬에 묶인 죄수'는 고정관념에 묶여 크고 다른 세상을 볼 줄 모르는 고지식한 어른들에 대한 비유라고 의견을 나누었다. 곰이 사람이 되기 위해 쑥과 마늘을 먹고 견뎌낸 통과제의식 기능을 했던 동굴이 아니라 짐승의 우리와 같은 공간으로 기능하는 동굴이라는 것이다.

수업이 끝날 무렵 플라톤이 강조하는 본질을 설명하려고 그림자 놀이까지 마련하여 준비한 것이 있었다. 그러나 고정관념이라는 쇠사슬에 갇힌 어른이라는 말끝에 움찔하여 천만다행으로 죄수(?)의 사례가 될 뻔한 그 입에 자물쇠를 걸었다. 기존의 상식과 가치 파괴 없이 새로운 가치 창조는 어렵다. 숫눈처럼 새하얀 아이들의 광장에 기성세대가 일반화시키고 보편화시킨 먹물로 폭력을 행사할 순 없는 일이다.

들고나온 박홍순의 『미술관 옆 인문학』을 읽다가 라파엘로의 그림 〈아테네 학당〉에 시선이 멈췄다. 중앙에 나란히 서 있는 플라톤과 아리스토텔레스의 오른손이 가리키는 위치를 살펴보면서 그림 속 인물들의 특징으로 알아보는 그리스 철학 사조를 수업 활동지로 만들었다. 불쑥불쑥 일어나 논쟁 벌일 아이들의 열띤 모습이 커피잔 위로 가득히 파노라마를 일으킨다.

동화처럼 예쁜 카페에서 책을 읽고 글을 쓰는 이 시간은 황금과도 바꿀 수 없는 소중한 시간이다. 논술 수업은 시기를 타는 주제가 많아서 늘 숙고하고 끊임없이 활동지를 만들어야 하는 버겁고 고독한 길이지만, 내게는 순백의 아이들이 있는 학교가 성전이며 그들과 함께 삶을 나누는 수업이 거룩한 예배와 같다.

그래서 나는 모든 수업이 끝난 금요일이면 노트북과 책가방을 들고 카페로 간다. 책을 읽으며 마시는 커피는 그 순간부터 대상을 불러내는 마중물로 치환된다. 그날그날의 기분에 따라 몇 가지 원두가 혼합된 아메리카노도 좋고 비 오는 날에는 콜롬비아나 케냐 커피도 좋다. 가슴이 고요하고 그리움이 있는 날에는 에티오피아 예가체프를 찾는다. 커피의 귀부인이라 할 만큼 예가체프는 살짝 신맛과 어우러진 부드러운 쓴맛이 있어 시향을 내기에 좋다.

한때 로마 가톨릭에선 악마의 커피이며 뉴스의 본거지라고 하여 카페를 폐쇄하는 국왕도 있었지만, 쇠사슬을 풀고 동굴 밖으로 나오면 통찰할 수 있는 일이다.

커피 마니아로서 카페가 휴식과 친교의 공간으로 변한 세상에 살고 있으니 얼마나 다행인가. 혼자 사유하며 조용히 마시는 커피는 그윽해서 좋고, 둘이 마주 앉아 나누는 커피는 정겨워서 좋다. 가끔 남편이 퇴근길에 들고 온 이벤트성 커피는 젊은 날의 연애처럼 낭만적이어서 좋다.

물질을 떠나 대상으로 다가오는 커피는 시(詩)가 된다. 오늘은 그리스 아테네 어느 농장에서 플라톤이 서빙해 준 최고의 브랜드 커피를 마신 날이다. 커피도 시가 되는 날이다.

'있다'와 '없다'

　　꽃망울이 수줍게 터지는 봄날, 진천 만뢰산 계곡을 찾았다가 끼룩끼룩 가냘프게 우는 암컷 북방 개구리를 만났다. 수컷 개구리가 짝짓기할 암컷 개구리를 찾느라 운다는 일반 상식이 무너지던 날, 머릿속이 혼란스러웠다면 과잉반응일까.

　　우리가 알고 있는 절대 진리란 무엇일까. 상식이 깨진다. 사람들이 알고 있거나 알아야 하는 보통의 지식조차 얼마나 인위적이고 조작된 것인지, 동행한 전문가의 설명에 무지한 속인은 탐사 내내 자연 그대로를 바라보며 "아하! 그렇구나, 그러하였구나. 이것들은 자기들 스스로 그렇게 있는 무위적인 것들이로구나."라며 수식을 절제한 단조로운 말밖에 할 수 없었다.

　　자연에서 도를 찾은 초나라 사상가 노자(老子)의 무위자연을 비로소 온전히 터득한 날이다. 자기들 스스로 존재하는 '自'이고 늘 그러한 모습을 하는 '然'이다. 노자는 유가에서 내세운 명분주의와 인위적인 조작에 반대하고 무위자연(無爲自然)에 처할 것을 주장한 사상가이다. 이날은 오랜 세월 우리가 상식처럼 학습한 유가의 공자적 지식에 대해 심한 회의가 든 날이다.

자연의 섭리를 모르고는 뻐꾸기를 야비한 탁란(托卵)의 대명사로 평가할 수밖에 없고 늑대를 초원의 양을 해치는 포악한 동물로 구분할 수밖에 없다. 뻐꾸기의 역할, 구렁이의 역할, 바퀴벌레의 역할, 봄바람의 역할까지도 스스로 그러한 것이면서 에너지 피라미드에 없어서는 안 될 무위적인 것들이다.

물과 숲에서 도를 찾은 노자, 도는 빛깔도, 소리도, 형태도 없어서 잡기 어렵다고 했다. 살면서 안다고 하는 것들, 정의라고 명명한 것들이 얼마나 허술한 인식들인가. 개구리는 수컷이 울고 북방 개구리는 암컷도 운다는 이 기준 또한 얼마나 조작적인가. 가끔은 날 것과 무봉의 무위로 흐르고 싶을 때가 있다.

돌아오는 길, 생각이 많다. 어디까지인가, 우리 보편 다수가 규정해놓은 상식과 가치라는 것. 공자의 보편적 가치는 인간 중심적인 것으로 주관성이 깊어 자칫 이분법의 오류와 소외를 낳을 수 있고, 노자는 있고 없음의 유무 상생을 주장하며 보편적 가치나 규준을 무시하며 범 우주론적 사고로 확장한다.

부자는 재물을 가지고 사람을 배웅하고 선비는 말로써 사람을 배

응한다고 한다. 총명한 사람이 자칫 죽을 고비에 이르게 되는 것은 남의 행동을 잘 비평하기 때문이고 학식이 많은 사람이 자주 위험한 고비에 부딪히는 것은 남의 허물을 잘 지적하기 때문이라고 한다. 우리가 알고 있는 학식도 '이다, 아니다' '옳다, 그르다' '있다, 없다'의 총합이라면 지극히 인위적인 것들의 총합이며 기득권 중심의 갑질인 것이다.

개구리는 수컷이 운다. 그러나 북방 개구리는 암컷도 운다며 개구리를 조심스럽게 들어 울음을 들려주는 자연안내자, 징그럽다는 표정도 짓지 못하고 끙끙거리며 귀를 갖다 대었다. "끼룩끼룩" 개구리가 소리를 낸다. 우는 것인지 웃는 것인지 모르지만, 북방 개구리 소리를 듣는다. 인간이 보는 개구리와 개구리가 보는 인간의 시선이 수평으로 흐른다. 인간의 시선으론 아무것도 아닌 개구리 한 마리가 '이다'와 '아니다', '있다'와 '없다'는 한 몸이라며 노자처럼 다가온다. 명가명 비상명(名可名 非常名), 도가도 비상도(道可道 非常道), 큰 우주로 온다.

나는 개미인가, 베짱이인가

물소리 들리고 뻐꾸기 소리 한적한 곳에 돗자리를 펴고 쉼에 들었다. 속리산 말티재 계곡은 명상하기 좋은 곳이다. 물의 파장이 있는 곳에 음이온이 방출된다는 이유로 시간이 나면 계곡을 찾는다. 음이온은 각종 호르몬을 촉진해서 긴장된 자율신경계를 이완시키고 피로감을 해소하여 정서안정에 도움을 준다고 한다. 산성화된 혈액을 중화시켜 약 알칼리화시켜 각종 질병을 예방하는 효과도 있다니 운동량이 많지 않은 내겐 가장 쉬운 힐링법이다.

텀블러에 넣고 우린 쑥차를 마시며 물소리를 듣노라니 이상향이 따로 없다. 졸졸 흐르는 물소리를 따라 나직이 들려오는 뻐꾸기 소리가 배경음악처럼 흐른다.

사그락사그락 나뭇잎을 옮기면서 일사불란하게 움직이는 개미 행렬이 눈에 들어온다. 영치기 영차, 어디를 향해 바삐 움직이는 것일까? 이어지는 줄을 따라 시선을 좇으니 벚나무 고목이다. 집 짓기 좋은 여름날, 개미는 부지런히 일하는 중이고 놀기 좋은 여름날, 베짱이는 소풍 중인지 찌룽찌룽 베짱을 대신하는 검은등뻐꾸기만이 이따금 '홀딱 벗고'를 반복하며 짓궂게 노래한다.

요즘 개미와 베짱이를 평가하는 방식이 달라졌다. 우리 때는 개미처럼 일 잘하는 사람을 긍정적으로 평가하였는데 오늘날의 신세대는 일만 하는 개미는 어리석다고 평가한다. 물론 놀기만 하는 베짱이도 마찬가지다. 일만 하고 쉴 줄 모르는 개미와 놀기만 하고 일할 줄 모르는 베짱이, 둘 다 문제라는 것이다. 그나마 베짱이는 자기가 좋아하는 일을 하며 행복하게 사니 개미보다 낫다는 평가이다.

새로 꾸민 이야기에서는 일본판 개미는 과로하여 죽고, 소련판 개미는 동무와 나눠서 굶어 죽고, 미국판 개미는 냉정하게 등 돌린 결과 각자의 재능을 개발하여 양쪽 모두 잘사는 것으로 이야기가 변형된다. 자본주의와 공산주의의 경제체제 방식을 빗댄 풍자지만 시대에 따라 진리를 평가하는 방식도 사뭇 다르다.

우리 주변에도 일밖에 모르고 휴식할 줄 모르는 사람들이 많다. 아무것도 하지 않으면 불안하여 좌불안석하는 심각한 일 중독자들이다. 평생 하늘 한 번 못 보고 일만 하던 개미가 그렇게 모은 돈을 일하느라 다친 허리에 다시 쓰면서 아픈 노년을 보낸다면 한 번 사는 인생이 슬프지 않은가.

나는 개미인가, 베짱이인가?

이따금 시간을 내어 풍광 좋은 곳에 돗자리를 깔고 바람 소리, 물소리, 새소리를 감상하며 낭만을 즐길 줄 아니 '영치기 영차'와 '찌룽찌룽 베짱'의 중간 정도는 될 것이다. 자기 영혼의 재산을 증식하는 일에 시간을 낼 줄 아는 사람은 참 휴식을 즐길 줄 아는 사람이라는『월든』의 소로처럼 나는 숲속에서 책을 읽으며 휴식하는 시간을 자주 마련한다.

초록으로 병풍 두른 여름은 온 세상이 신혼이다. 바람이 넘겨 놓고 간 유종인의 시에서 '오늘은 내가 나에게 술 사주고 싶은' 구절이 마음에 닿는다. 가끔은 자신을 위한 식사 자리를 마련하는 일도 의미 있는 일이다. 개미처럼 일하고 베짱이처럼 기분 좋게 쓰는 일, 그런 자리는 초대받는 상대도 부담이 없어서 기분 좋을 것이다.

휴일에도 브레이크가 고장 난 자동차처럼 달리고 있을 벗들을 위해 카톡을 보내고 답을 기다린다.

"친구야. 오늘은 내가 나에게 술 사주고 싶은 날인데 시간 나면 빈 잔 들고 올 수 있겠니?"

시간의 무게

거미줄처럼 복잡하게 얽힌 뇌의 폴더를 지우고 건조한 시선으로 허공에 굴을 트는 중이다. 이러한 상념이 또 하나의 착득거(着得去)이련만 단순하게 생각을 비우는 중이다.

방학이라 조금은 여유로운 오전엔 서둘러 집안일을 끝내놓고 인근의 여성 친화 공원인 배티공원으로 산책을 나간다. 봄, 여름, 가을, 겨울이 오고 가듯 배티의 시간도 인생의 일상처럼 흐른다. 입덧하는 겨울은 조금씩 말라가지만, 그 마른 품속에 엄청난 씨앗을 배고 있다. 발소리에 눈을 뜬 봄이 옆구리를 깨고 발가락을 내민다.

산책로 서쪽으로 난 유리함엔 시간의 무게를 다는 저울이 있다. 다섯 시 정각에 멈춘 시곗바늘과 28㎏을 향하는 저울, 그 상징하는 바가 있을 것이다. 다섯 시 정각의 무게가 28㎏이라니 김난도의 『아프니까 청춘이다』에 나오는 인생 시계 계산법으로 유추해도 답이 나오질 않는다. 100kg × 5시 ÷ 24시 = 20.83kg이 나오는데 오전과 오후의 다섯 시로 계산해 보아도 미궁이다.

그 후부터는 공원을 찾는 길이 숙제를 하러 가는 길처럼 무거웠다. 식견 있을 법한 사람에게 물어봐도 모른다는 눈치이다. 애써 그 문제에서 놓여나려고 시선을 피하지만 머리는 '시간을 다는 저울'에 머문다. 새벽 다섯 시는 여명의 시간, 오후 다섯 시는 낮과 밤이 만나는 시간, 어둠에 붙은 검푸른 시간이라고 할까. 모든 것을 과감히 내려놓고 산뜻하게 시작한 운동이지만 머릿속에 거미줄이 친친 감긴 느낌이다. 문득 당나라 조주 선사의 '내려놓으라'는 방하착(放下着)이 떠오른다.

한 스님이 탁발하러 길을 떠나는데 어디선가 "사람 살려!" 하고 다급한 소리가 들려온다. 소리 나는 곳으로 달려가 보니 어떤 사람이 나뭇가지를 붙잡고 발버둥을 치고 있다. 영문을 묻자 앞을 못 보는 봉사인데 양식을 얻으러 가는 중 발을 헛디뎌 굴러떨어졌다고 한다. 그냥 잡고 있는 나뭇가지를 놓으면 살 수 있다고 하지만 막무가내다. 그러다 힘이 다 빠진 장님이 손을 놓자 땅 밑으로 툭 떨어지며 살짝 엉덩방아를 찧은 후에야 사건은 진정되었다.

내려놓으면 해결할 수 있는 일이다. 며칠 동안 설치미술에 매달려

에너지를 소진하고 나니 쉬어도 쉰 것 같지가 않다. 살면서 방하착할 일이 어디 이뿐인가. 내려놓아야 살 수 있는 나뭇가지가 부지기수이다. 그야말로 세상사는 '덜~컹'거리는 경계들 안에 있다. 그 구분 짓는 경계를 지우면 될 일이다.

배티공원의 '시간을 다는 저울'이 오전 다섯 시가 되든 아니면 오후 다섯 시가 되든 단순히 파란 시간으로 살면 될 일이다. 겨울이 봄을 마중하여 섞이어 흐르듯, 오전과 오후, 빛과 어둠이 음양으로 어울리며 흐르는 태극의 공간으로 이해하면 지나친 확대 해석일까. 삑삑거리며 아장아장 걸어오는 아이의 뒤꿈치에서 봄이 열리고 삼백육십오일 수런거리며 깨어 있는 이곳이 어둑새벽, 빛과 어둠이 교차하는 파란 공간이라 스치는 대로 생각하면 될 것이다.

다섯 시 정각의 은색 시계, 28kg의 무게를 나타내는 파란 저울, 그냥 단순한 설치미술 정도로 스륵스륵 가볍게 지우고 내려오는 길, 생강처럼 알싸한 바람이 방하착(放下着) 착득거(着得去), 마음을 비울 것인가, 욕심을 채울 것인가. '툭' 하며 어깨를 스친다.

브랜드 네임

　"밤하늘을 보면 '어린 왕자'가 산다는 B612 행성과 선생님이 떠올라요."

　언젠가 수업시간에 학생들한테 생텍쥐페리의 『어린 왕자』의 일곱 행성에 나오는 어른들을 상징하는 수업을 한 적이 있는데 아마 그 영향인 듯하다. 그 수업 이후 '별'이 좋아졌다는 아이, 매일 밤 별을 감상하고 별자리 신화는 물론 별자리 모양을 살피느라 밤하늘에 푹 빠져 산다는 제자가 있다. 글쓰기 수업을 하면서 장래희망이 연예인에서 작가로 바뀌었다는 제자는 날마다 시 한 편을 써서 보여 준다. 그런데 이번에는 아무것도 쓰지 않은 빈 초록색 색지를 들이민다. 6학년 국어 시간에 〈고마운 사람에게 편지 쓰기〉 하는 장이 있어서 나를 지목하여 편지글을 썼기 때문에 답장을 받아야 한다는 것이다.

"늘 생각이 깊고 우물 같은 아이, 선생님은 예현이가 감성으로 밀어 올리는 예쁜 발톱을 지켜보는 일로 행복하단다. 개구리는 우물 밖 바다가 있다는 것을 모르지. 많은 독서와 사색으로 다양한 세상을 알아가는 인문적이고 창의적인 사람이 되었으면 좋겠구나. 세상은 아는 만큼 보이고 보인 만큼 행복할 수 있으므로…."

수업시간에 짜증 한 번 내지 않고 부드럽게 일러주는 그 모습이 놀라우면서도 존경스럽다며 부끄럽게도 나를 밤하늘에 반짝이는 별 같은 선생님으로 비유하였다. 제자가 바라보는 나의 브랜드 네임은 계절 없는 별이다. 지구상의 계절과 달리 변함없는 마음이라는 의미이니 쪽보다 더 푸른 비유이다.

지난 도 예술제가 한창인 시기에 도내 문학단체가 주관하는 백일장에 내가 가르치는 학생들이 참가하여 나갔는데 6학년 아이들 네 명이 학교 교감 선생님 직인이 찍힌 면담요청서를 갖고 느닷없이 찾아왔다. 초등학교 6학년 국어책에 면담 프로젝트 프로그램이 있는데 직업 탐방으로 '시인'을 책정하였단다.

시인이 되는 필요조건이 무엇이냐는 학생들에게 구양수의 '삼다(三多)'인 다독, 다상량, 다작을 들고 이에 덧붙여 대상에 대한 이해와 사랑, 따뜻한 덕목을 갖춘 인성을 충분조건으로 두면 좋겠다고 답했다. 시인의 미래 전망을 묻는 답으로는 시인의 가슴엔 천사가 살아서 무엇보다 늘 감동이 크니 삶이 풍요로울 수밖에 없다고 했는데 현문우답일까. 시인을 면담하러 왔다가 예의상 그냥 갈 수 없다며 원고지를 받아 와서 정성껏 시심을 심는 아이들의 모습이 천사같이 보이던 날, 곁눈질로 학생의 원고지를 살피는데 웃음이 절로 난다.

시인의 직업이 궁금하여 면담하러 왔다가
시냇물에 몸 맡기고 시인처럼 시를 쓰는데
어느새 몸이 점점 시냇물처럼 흐르더니
시가 줄줄줄 나온다

나는 그들이 불러주는 '별 선생님' '시인 선생님'이라는 이름에 걸맞게 살고 있는가. 문득 어떤 어른으로 살 것인가 생각하니 가슴이 무겁다. 보이는 그대로를 스펀지처럼 흡수하는 아이들, 그들이 시를 통해 인문정신을 기르고 그 인문정신으로 인류애를 키워가는 주체들로 잘 성장하길, 그래서 21세기가 요구하는 시인의 감성을 지닌 리더들이 되길 기도한다.

시(詩) 같은 잠꼬대

"항아리 가득 하늘 좀 담아 줘!"

아침에 일어나니 내가 어젯밤에 한 잠꼬대라며 남편이 들려준다. 잠꼬대가 신기해서 머리맡에 적어놨는데 기네스북에 올릴 특종이라며 놀린다. 꿈은 소망의 충족이라는 무의식의 발현이라면 지그문트 프로이트는 이 꿈을 어떻게 해석할까?

파편처럼 날린 잠꼬대는 전날 있던 행위가 퍼즐처럼 뒤엉켜 나타난 현상인 것 같다. 항아리에 쟁여둔 매실장아찌를 건져 유리병에 옮겨 냉장 보관하고 빈 항아리에 물을 가득 담아 햇빛이 잘 드는 베란다 한쪽에 두고는 잠시 잔뜩 구름 덮인 하늘을 올려다본 일 외에는….

무의식은 내면에 자리한 욕망과 본능의 저장소로, 꿈을 통해서는 은유나 환유로 표현되는데 아마도 이번 꿈은 맑게 갠 날씨를 소망하는 무의식의 표출인 듯싶다. 의식의 그림자까지 감수하는 세밀한 대뇌 앞에 아연실색이다. 스스로도 자유로울 수 없으니 수많은 감시망으로부터 한 치도 벗어날 수 없는 존재다. 그저 심연까지 도덕적으로 단단히 도포하고 살 수밖에 없는 일이다.

꿈과 무의식이 상관관계를 이룬다면 태몽은 어떨까? 밤하늘의 달에 관한 나의 태몽은 한 편의 그림동화다. 어머니가 캄캄한 언덕마루를 더듬거리며 오를 때 갑자기 하늘이 양쪽으로 갈라지면서 그 사이로 보름달이 쏙 나오더란다. 어머니의 꿈 이야기를 듣고 외조부는 잘 가르치면 큰 인물이 될 텐데 아들이 아니라 아쉽다고 하셨단다. 남아선호사상이 여전했던 시대여서 나 또한 귀한 아들의 그림자에 가려 '나 홀로 꿈'을 키우며 성장했다. 어머니는 지금도 태몽에 대한 미련을 떨치지 못하고 볼 때마다 아들로 태어났더라면 하는 아쉬움을 토로한다. 달에 관한 꿈은 유명인, 권력자, 지도자, 계몽가 등을 상징한다는데 그 길을 걷긴 하는 걸까.

태몽의 무의식인지, 나는 별이 총총 빛나고 달무리가 동화처럼 퍼지는 밤하늘을 올려다볼 때가 가장 행복하다. 유년 시절에도 모깃불 피운 앞마당에 멍석을 깔고 누워 밤이슬에 옷이 다 젖도록 하늘 삼매경일 때가 많았다. 초승달, 상현달, 보름달, 하현달, 그믐달 각각의 달의 모양 속에서도 언제나 내게 달은 아홉 살가량 되는 소년의 모습으로 다가왔다. 어떤 때는 웃는 모습으로, 어떤 때는 우는 모습으로, 어떤 때는 무표정한 모습으로 나타났다. 검은 부분이 많을 때는 침울한 표정으로 느껴졌고 흰 부분이 많을 때는 해맑은 표정으로 느껴져 잠자리에 드는 시간을 달콤하게 만들었다.

과학 수업 시간에 달의 고지는 화강암류로 밝게 보이고 바다는 현무암류로 어둡게 보인다는 사실을 배우기 전까지, 달은 내게 웃는 모습과 우는 모습을 지닌 미소년이었다. 그 동화 같은 시나리오는 해=불, 남자, 달=물, 여자라는 태극의 원리를 알게 되면서 산산이 부서졌다.

가슴과 감성이 없는 과학적인 지식들이 동화 같은 어린 낭만을 포박하여 절망하게 했지만, 그 이후로도 아르테미스는 이성의 동굴까지 찾아와 감성의 물기를 흠뻑 적셔 놓았다.

지금까지 늘 무의식으로 따라붙던 보름달의 정령, 어쩌면 어제 등 그런 항아리를 오래도록 닦던 일은 하나의 의식행위였는지도 모른다. 항아리 가득 하늘을 담고 싶은 소망이라면 항아리의 원형은 보름달을 소망하는 나일 것이다. 그리고 그 보름달은 내 심연 속 무의식을 유영하는 이루지 못한 꿈이거나 혹은 과학적인 지식이 들어앉기 전에 만난 미소년에 대한 그리움일지도 모른다. 혹시 항아리를 음, 하늘을 양으로 보고 과도한 꿈 해석을 내놓는다면 눈총을 받으려나. 그나저나 날것으로 톡톡 튀는 무의식 단속도 필요하다.

작은 동주가 운다

동주의 별이 가슴에 들어와 이슬처럼 구른다. 후쿠오카 교도소의 철장 사이로 떨어지는 밤하늘의 무수한 별들, 녹슨 구리거울처럼 푸른빛을 잃어가던 시인의 두 눈으로 차가운 별의 결정이 박힌다.

영화관 앞줄에서 어깨를 들썩이며 오열하듯 끄억거리는 소리가 들린다. 초등학교 5학년 정도로 보이는 소년의 손가락 사이사이로 울음이 뚝뚝 떨어진다. 함께 온 소년의 어머니가 아들의 어깨를 폭 감싼다. 영화보다 더 영화 같은 장면에 눈물이 왈칵 쏟아졌다.

늘 눈물샘이 깊다고 툭툭 치던 남편도 오늘은 연방 휴지를 건네주며 이따금 눈을 허공에 건다. 영화 〈동주〉가 겨울 지푸라기처럼 푸석거리던 메마른 감성에 불을 지피고 모두를 울게 한다. 〈동주〉의 여파로 윤동주와 김소월 시집을 찾는 학생들이 늘고 서점에서 완판

될 정도라니 시를 쓰고 글쓰기로 삶을 나누는 선생으로서 감동할 일이다.

일일 교수학습지도안의 계획을 변경하여 '하늘'을 주제로 시 쓰기 시간을 마련했다. 밤하늘을 한 번도 자세히 본 적이 없다는 학생은 〈동주〉 관람 이후 하늘을 자주 본다고 했다. 오백 원짜리 동전만 한 태양과 달 하나가 어떻게 이 큰 지구를 따뜻하게 하는지 신기하다는 3학년 학생의 표현이 재미있다. 좀 더 큰 6학년 학생은 밤하늘의 반짝이는 별은 이 땅에서 사라져 간 사람들의 눈인데 가장 흔들리며 빛나는 별은 동주 시인의 눈이고 가장 크고 강한 별은 송몽규 시인의 눈이라고 표현했다.

윤동주와 송몽규는 고종사촌 간이며 동년배 친구로 한집에서 문우지정을 쌓으며 성장했다. 문학의 라이벌인 송몽규는 일찍이 1935년 동아일보 신춘문예 콩트 부분에 「술가락(숟가락)」으로 당선한 바 있다. 혼수로 가져온 은 숟가락까지 잡혀 오랜만에 차린 밥상인데 정작 아내는 숟가락이 없어 밥을 먹지 못한다는 일제강점기하 조선 민중의 웃기면서도 슬픈 이야기다.

영화 〈동주〉 이후 시를 써서 들고 오는 학생들이 늘고 있다. 어떤 학생은 아예 시 노트를 만들고 날마다 한편씩 써서 보여 준다. 하늘에 대한 시를 쓰면 하늘이 들어오고 꽃에 대한 시를 쓰면 가슴이 온통 꽃밭으로 변한다는 아이들, 그들의 가슴에 봄이 오는 중이다. 나는 눈물이 없는 사람을 좋아하지 않는다. 울어야 할 때 울지 않는 사람을 벗으로 두지 않는다. 슬픈 장면을 보고 감성이 분출하여 온몸으로 흐느끼는 아이, 아이의 눈물은 그대로 시가 아닌가. 그들이 만들어내는 21세기는 '별 헤는 밤'처럼 아름다운 세상일 것이다.

> 별 하나에 추억과 / 별 하나에 사랑과 / 별 하나에 쓸쓸함과 /
> 별 하나에 동경과
> 별 하나에 시와 / 별 하나에 어머니, 어머니
>
> - 윤동주, 「별 헤는 밤」 中

불평즉명(不平則鳴)은 당나라 문장가 한유의 문학 이론이다. 그는 각 시대의 우수한 시인과 작가들은 역사상 가장 훌륭하게 운 사람들이라고 평했다. 초나라가 망할 때는 굴원이 울었고, 한나라 때는 사마천이 울었고, 당나라 때는 이백과 두보가 울었으며 일제 강점기에는 무수한 시인과 작가들이 울었다. 윤동주와 송몽규가 주권을 빼앗긴 시대를 아파하며 울었고 이육사 등이 초인을 주장하며 이국의 감옥에서 울었다.

세상이 불온하면 시인들이 운다는데 21세기는 아이들이 운다. 밖을 향해 흐르는 이타적인 눈물이다. 장래희망이 시인이라는 제자의 가슴에도 바람을 새긴 별 하나, 별 둘 스며드는 밤이다. 오늘 밤에도 동주가 감옥의 창살 사이로 보았던 그 별들이 바람에 스친다.

내려놓을 용기

"저는 안중근 의사의 어머니가 부러워요."

어느 날 아들이 이렇게 말했다. 여기서 안중근 의사의 어머니는 독립운동하다 옥에 갇힌 아들에게 비굴하게 항소하지 말고 나라를 위해 의롭게 죽으라는 편지와 수의(壽衣)를 지어 보낸 안중근의 어머니, 조마리아 여사를 말한다.

유약한 부모의 그늘을 벗어나고 싶었는지 아들은 스스로 강해지고자 대학교 2학년 여름 방학을 이용해서 자아 극기 훈련에 돌입했다. 새벽 5시에 기상하여 한 달 동안 하루도 빠짐없이 아파트 공사 현장으로 막일하러 다녔다. 건설 현장 소장이 일이 끝나는 날, 아들의 그 지독한 끈기에 감동했는지 웃돈 10%를 얹어 주며 "너는 꼭 성공할 것"이라는 덕담과 함께 밥을 사 준 일이 있다.

아들은 그렇게 마련한 돈으로 2학기 등록금을 내놓고 부모와 상의도 하지 않고 해병대를 지원했다. 그것도 입대 며칠 전에 통보했는데 아마도 엄마의 성정을 짐작했기 때문일 것이다. 군 제대까지 면회 한 번 오지 못하게 해서 아쉬움이 크지만, 강해지기 위해 허물 벗기를 하는 아들을 지켜볼 수밖에 없었다.

워킹 홀리데이로 호주 어학연수를 다녀오고 올 3월 공과대 대학원 졸업 후, 전기 관련 기업체의 연구원으로 입사한 아들, 새벽에 일어나 달무리 퍼지는 중천에 들어오니 힘들지 않으냐고 물어도 군 복무 때나 지금이나 늘 내색 한 번 하지 않는다. 휴일에도 노트북을 짊어지고 오뚝이처럼 일어나 나가는 아들의 뒷모습을 바라보며 회한에 잠긴다.

아버지처럼 퇴근 시간이 정확한 공무원이 되어 평범한 삶을 누리길 바랐지만 자기의 신념을 굽히지 않는다. 대학원 2년 동안 배운 이론을 현장에서 1주일 만에 통달했을 때의 그 소름 돋는 성취감은 이루 말할 수 없노라는 아들 앞에서 쥐구멍을 찾는다.

부모의 사랑을 음차로 할 때, 어머니의 사랑은 모(母)아지는 사랑이고, 아버지의 사랑이 부(父)하고 흩어지는 사랑이라면, 남편은 논리적인 거리로 늘 속사랑을 유지하고, 나는 감성적인 거리로 무조건 품는 겉사랑이다.

부모의 영역을 탈 영토하여 지경을 넓혀간 아들, 부모라는 이름과 사랑이라는 명분으로 옥죄었던 폐쇄적인 환경에서도 본래적 야성을 잃지 않고 잘 성장한 아들이 감사하다.

며칠 전부터 신화학자이자 꿈 분석가인 고혜경 박사의 강의에 한참 흥미를 붙인 터라, 늦게나마 아들에 대한 어미의 잘못된 사랑을 내려놓을 수 있었다. 자녀에 대한 부모의 미성숙한 사랑이 자녀가 지닌 본래적 가치와 건강한 야성을 파괴한다.

호랑이가 나타나면 위험하니 꼼짝 말고 집안에만 있으라는 폐쇄적인 공간에서 교육받은 아이들이 집 밖으로 나가 도끼를 이용하고, 동아줄을 이용해 하늘로 지경을 넓히기까지의 지혜는 어머니 부재에서 생성된 확산적인 사고일 것이다.

좋은 문장보다 경험이 더 우선한다. 실패도 다시 일어설 수만 있다면 큰 재산이다. 고통 속에서 생각이 많아지고 그 많은 생각을 통해 지혜와 창의적인 사고가 도출되기 때문이다. 자녀의 야성을 존중하고 지혜로운 사람으로 지경을 넓혀갈 수 있도록 사랑 방정식을 수정하지 않으면 세대 간 불협화음은 계속될 것이다. 어정쩡한 부모가 자식을 병들게 한다. 똑똑한 부모보다는 의식이 건강한 부모, 지혜로운 부모가 자녀를 창조 융합적인 존재로 성장하게 한다.

인생의 마라톤에서 반환점을 도는 시기에 내려놓아야 할 첫 번째 용기, 바로 자식이다.

제2부

흐르는
것들은
아름답다

우주는 음양의 고리가 순환하며 흐른다.
수평으로 흐르는 것들은 아름답다.

흐르는 것들은 아름답다

                        까치와 까마귀가 아침을 여는 소리에 일찍 눈을 떴다. 언제부터인가 이 시간이면 어김없이 공중의 소리가 예약해 둔 모닝콜처럼 잠을 깨운다. 일찍 일어나는 새가 먹이를 잡는다고 저들의 새벽 밥상이 분주해진 것일까. 불청한 까마귀가 까치집을 탐하는지 숨넘어갈 듯한 여러 차례의 경고음이 있고 난 후에야 잠자리에서 일어나 주방으로 향했다.

  얼마 전 학생들과 전래동화 『은혜 갚은 까치』에 대해 토론한 적이 있다. 논제는 새끼까치를 살리기 위해 구렁이를 죽인 선비의 행동이었다. 구렁이를 죽인 선비의 행동이 옳다고 생각한 학생은 까치는 착하고 구렁이는 나쁘다는 이유를 들었다. 침묵이 길어질 때 '까치는 착하고 구렁이는 나쁘다.'는 근거를 어디에 두느냐고 물었더니 까치는 인간을 해치지 않지만, 구렁이는 징그럽기도 하고 건드리면 공격하기 때문이라고 하였다. 이어 반대편 학생 중 하나가 시골에서 사과 농사를 짓는 외할아버지가 제일 싫어하는 것이 까치라고 반박했다. 맛있는 사과만 골라 쪼아놓기 때문이라는 것이다. 두 번째 옳다는 이유로 까치는 태어난 지 얼마 안 됐고 구렁이는 결혼도 하고 살 만큼 살았다는 이유를 들었다. 그랬더니 반대 측 학생이 구렁이도 먹잇감을 구해 먹여 살려야 할 가족이 있다고 반박했다. 그러자 한 학생이 새끼까치 숫자가 구렁이보다 더 많으므로 구해야 하는 것이 옳다고 하였다.

냉정하게 토론과정을 지켜보던 한 학생이 자신보다 약한 새들을 먹잇감으로 하는 구렁이의 행동이 나쁜 일이라면 벌레를 먹잇감으로 하는 까치 또한 나쁘고 밥만 먹어도 되는 인간은 생선도 먹고 삼겹살도 먹기 때문에 더 나쁜 것이 아니냐고 되물었다.

학생들은 활발한 논의 끝에 까치처럼 구렁이의 목숨도 소중하다는 결론과 함께 '살아있는 모든 것은 수평이다.'는 확산적 사고를 도출하였다.

벤담의 주장대로 최대 다수의 최대 행복을 최고선으로 학습받은 결과라면 행복한 개체 수를 기준으로 다수의 행복을 계산할 때 구렁이 여러 마리와 까치 한 마리라면 앞의 숫자에 입각한 동일률 적용은 어렵다. 또한, 소크라테스의 선과 악에 대한 이분법의 정의처럼 착한 일을 하면 선이고 그렇지 않으면 악이라고 할 때 그때의 선하고 악한 기준 역시 모호해진다.

시대와 문화에 따라 선과 악의 기준은 달리 정의되지만, 아이들이 그 구도를 통찰했다는 것만으로도 수업은 성공이다. 기존의 우리가 행운과 불운의 아이콘으로 규정해놓은 까치와 까마귀에 대한 정의, '까치는 착하고 구렁이는 나쁘다.'는 인간중심으로 분류된 이 땅의 정의들은 인간을 인식하는 주체로 규정하고 대상을 인식당하는 객체로 규정한 폭력적인 사고체계라고 할 수 있다. 까치, 구렁이, 까마귀, 인간 모두 유기체로 어울려 살아가야 할 수평적인 존재들이다. 생명의 저울은 까치의 무게나 인간의 무게를 수평으로 만든다. 저들의 공중 쟁탈전이나 밥을 먹는 일도 지구의 한 부분을 움직이는 일이다. 작은 이 일이 여든여덟 번의 흐름을 있게 했듯이…

까치와 까마귀의 움직임과 강물처럼 자연스럽게 생동하며 흐르는 것들로 지구는 파스텔톤 빛을 남기며 둥글어 간다. 흐르는 것들은 아름답다.

쥐들의 고양이

나라 안이 끓고 있다. 아이들로부터 어른까지 자드락비를 맞은 나무들처럼 거센 파동이다. 몽골 설화 『팥죽할멈과 호랑이』를 읽은 아이들이 팥죽할멈을 열심히 농사지으며 성실하게 살아가는 국민에 비유하고 호랑이는 어마한 힘을 이용해 남이 농사지은 팥은 물론 목숨까지 위협하는 권력가로 비유한다.

깊은 산골에 팥죽할멈이 팥밭을 매고 있었다. 그런데 호랑이가 나타나 할머니를 잡아먹으려고 하자, 할머니는 추운 동짓날이니 팥죽이나 실컷 먹고 잡아먹으라며 시간을 번다. 동짓날이 되자 할머니가 훌쩍훌쩍 울면서 팥죽을 쑤는데 알밤, 자라, 맷돌, 멍석, 지게들이 나타나 팥죽 한 그릇 주면 호랑이가 못 잡아먹게 지켜 준다고 한다. 호랑이가 나타나자 알밤은 호랑이의 눈을 찌르고, 자라는 앞발을 깨물고, 맷돌은 머리를 때리고, 멍석은 넘어진 호랑이를 둘둘 말고 지게는 번쩍 지고 강물로 가 빠트린다.

팥죽할멈은 열심히 땀 흘리며 일하시는 부모님들이고, 호랑이는 권력을 지닌 큰 도둑들과 그의 악당들, 알밤, 자라, 맷돌, 지게는 자신들이라며 현실을 제대로 인식하는 아이들 앞에서 얼굴이 뜨겁다.

한 빛깔로만 늙어갈 수 없는 거물 도둑들을 잡겠다고 정의의 사자들이 직접 맷돌을 돌리기 시작했다. '팥죽할멈과 호랑이'의 대결들이다. 무시무시한 힘을 휘두르며 약자들의 재물과 목숨을 위협하는 비겁한 호랑이에게 대적하고 위기에 놓인 팥죽할멈을 구하기 위해 알밤과 자라가 움직이고 고전처럼 잠잠하던 맷돌과 지게가 움직였다.

이참에 진시황 대의 환관 조고의 위세에 눌려 사슴을 가리켜 말이라고 동조한(指鹿爲馬) 부패한 벼슬아치와 이쪽저쪽 정계와 재계의 거뭇거뭇한 빛깔들도 찾아내어 단죄해야 한다. 물론 제 살림하느라 바빠 나라 살림의 대리인으로 세운 대표자들을 제대로 감독하지 못한 우리의 관리 소홀을 먼저 반성해야 한다.

남이 애써 농사지은 팥을 빼앗고 목숨을 위협하는 엄청난 호랑이를 지혜와 협동으로 물리친 팥죽할멈과 맷돌, 멍석이 바로 우리 민족성이다. 혹독한 대가를 치르고 얻은 교훈이지만 실패도 다시 일어설 수만 있다면 자산이다. 무엇보다 외신기자가 평가한 문맹률

1% 미만인 나라, 평균 IQ 105가 넘는 유일한 나라, 노약자 보호석과 여성부가 있는 나라, 세계 봉사국 4위인 나라, 강자한테 강하고 약자한테 약한 근성이 있는 나라, 그러한 나라가 바로 대한민국, 우리나라다.

숲이 조용하다고 짐승들의 움직임이 없는 것은 아니다. 이제 두 번 다시 쥐들은 쥐들의 대표로 고양이를 뽑지 않을 것이다. 흰 고양이, 검은 고양이, 얼룩 고양이가 서로 번갈아 가며 쥐구멍의 크기와 쥐들의 속도 제한만을 조절하는 강자 공약에 슬그머니 넘어갈 어진 민중은 다시없다. 대중지성과 선한 양심들이 분노한 정의의 파노라마가 잘못된 관행을 척결하고 새롭게 포맷한 트랙 위에 새로운 가치들을 기술할 것이다.

새벽이 겨울 안개를 가르고 경주마처럼 달려온다. 수만의 촛불이 하얀 불꽃으로 파도치던 밤, 된서리 맞아 노랗게 익은 모과도 달덩이처럼 환했다. 빛깔로 말하는 그들의 이야기를 듣느라 간밤엔 책 한 장 넘기지 못했다. 된서리로 익고 단단해지는 것들도 있으니 때론 고난도 스승이다. 이제 좁은 창문을 닫고 대문을 활짝 열어야 한다.

옥수수 머리는 누가 감겨 주나

불볕더위에도 아랑곳하지 않고 제 몸을 키우는 옥수숫대가 사랑스럽다. 창가에 바짝 붙어 교실 안을 기웃거리는 화단의 옥수숫대를 바라보다가 아이들과 즉석 시 문답을 하였다.

옥수수 머리는 누가 감겨 주나 / 살랑 살랑 바람이 감겨주지
옥수수 이빨은 누가 닦아 주나 / 반짝 반짝 해님이 닦아 주지

누가 코흘리개 1학년이라 하였던가. 선창하면 제법 그럴듯한 답으로 행을 이어가는 아이들, 그야말로 청출어람이다. 시를 쓰면 마음이 맑아지고 행복하단다. 시를 쓸 때 아이들의 눈은 별처럼 반짝거린다. 입가엔 배시시 미소가 깔려 있고 글을 쓰느라 꼬물거리는 작

은 손은 살아있는 한 송이 꽃이다.

프랑스에서는 초등학교를 졸업할 때까지 아이들에게 시 백 편을 외우게 한다. 좋은 시는 아이들의 인성 교육에 있어 최고의 스승이다. 한 달에 한 번 좋은 시를 골라 감상한 후 외우기도 하고 몸으로 표현하는 시간도 가진다. 박승우 시인의 동시 「백 점 맞은 연못」이나 김은영 시인의 「번데기와 달팽이」는 아이들이 즐겨 외우는 동시다.

논술 교실에 오면 행복해진다는 아이들, 글쓰기는 대부분의 아이가 싫어하는 수업이다. 그런데도 아이들이 줄을 잇는다. 무엇 때문일까. 물론 방과 후에 하는 논술 수업엔 시험이 없다. 이따금 백일장에 참여하는 것 외엔 시험이라는 부담이 없기 때문에 재미있어하는 것 같다. 그래서 오롯이 작품 속 시적 화자나 주인공의 시점으로 젖어 드는 것이다.

논술 교실에 들어오면 생각이 구불구불 파노라마 친다는 아이들, 이제는 문을 들어서면서부터 즉석 시로 인사를 한다.

시계는 숫자들의 집 / 선풍기는 바람의 집
칠판은 글자들의 집 / 논술 교실은 문장들의 집

아이들은 나의 아름다운 스승, 나는 날마다 스승을 만나러 간다. 솜처럼 맑고 순수한 아이들, 그들과 함께 착한 시를 외우고 그들과 함께 무지개 같은 세상을 꿈꾼다.

오늘은 아이들과 권문희 작가의 동화 『깜빡깜빡 도깨비』로 삶을 나눴다. 남의 집 일을 하며 하루하루 살아가는 고아가 있다. 그날 받은 품삯 서푼을 도깨비에게 몽땅 빌려준 아이, 서푼을 갚았는데도 깜빡 잊고 날마다 꾼 돈이라며 서푼을 갖고 오는 도깨비를 보면서 아이들은 말한다.

"선생님. 『깜빡깜빡 도깨비』는 어리석은 도깨비가 아닐 거예요. 도깨비인 줄 알면서도 망설임 없이 가진 돈을 몽땅 빌려준 아이가 착해서 일부러 도와주려는 거예요. 도깨비가 아이에게 준 선물 중에 요술 방망이도 있잖아요. 도깨비는 돈이 필요하면 얼마든지 요술 방망이로 만들 수 있어요. 어쩌면 그 도깨비는 하늘나라에서 보낸 선녀일 거예요."

논술문장의 기본 틀은 주장과 이유, 근거를 세우는 과정이다. 이야기에 나오는 도깨비를 어떻게 생각하느냐고 물었을 때 아이들이 정리한 명쾌한 대답이다.

아이들에게 그렇다면 정말 착한 일을 하면 복을 받고 나쁜 일을 하면 벌을 받게 되느냐고 물었다. 속으로는 삐딱한 답을 정해놓고 있었지만, 아이들에겐 나쁜 일을 한 사람들도 버젓이 잘살더라는 말을 차마 꺼내놓을 수 없었다.

"그렇죠. 착한 일을 한 사람은 마음이 즐거우니까 행복하게 살고, 나쁜 일을 한 사람은 마음이 괴로우니까 불행하게 살게 돼요."

『깜빡깜빡 도깨비』를 읽고 "착하면 스스로 복을 받고 악하면 스스로 벌을 받는다."는 명언을 만들어 낸 아이들, 이들에게서 천사의 모습을 본다.

뒷발로 차면 아프다

"세상에서 가장 선한 것과 악한 것을 찾아오너라."

왕이 두 신하에게 내린 답으로 두 사람이 똑같이 가져온 것은 사람의 '혀'이다. 말 한마디로 사람의 생사를 주관할 수도 있으니 혀가 지닌 괴력은 불문가지다.

요즘 우리문고 문화공간에서 운영하는 『사람을 배우다』의 저자 권희돈(필명, 권시우) 교수의 『문학을 통한 소통과 치유』 강좌를 듣고 있다. 일주일에 한 번 하는 수업이지만 늘 누군가의 콘텐츠를 탐닉한다는 것은 즐거운 일이다. 내면의 감성을 터치하여 긍정적 말하기를 유도하는 이 수업은 문학작품을 통한 공감 수업으로 가슴이 따뜻해지는 소통 치유법이다. 그 강좌에서 배운 '말하기' 텍스트를 참고하여 본 수업 시작 전 학생들에게 세상에서 가장 강력한 폭발력을 지닌 것이 무엇이냐고 질문했다. 주저 없이 '말'이라는 답이 나왔고 한 학생은 창의적인 생각을 더해 사람의 말과 타는 말이 똑같다는 주장을 세웠다.

"선생님, 사람의 말과 타는 말은 똑같아요. 사람의 뒷말과 타는 말의 뒷발은 아프거든요. 말이 거칠면 똥 냄새도 심하고요."

전혀 다른 동음이의어로 공통점을 찾아내고 스스로들 그럴듯하다는 생각이 들었는지 일제히 환호하며 수업에 박차를 가한다. 사람도 상대방이 없는 데서 뒷담화를 하면 타는 말의 뒷발질처럼 깊은 상처를 남긴다. 상대가 없는 뒷말과 타는 말의 뒷발질 성격은 똑같다.

주의 환기를 위해 제시한 문제가 본 수업을 장악하며 진지한 토론으로 진행될 때, 문득 초등학교에도 철학과 인문학이 필수 교양과목으로 들어가면 얼마나 좋을까 하는 생각이 들었다. 아직 기성세대의 고정지식 틀에 오염이 덜된 아이들은 돌덩이도 밀가루 반죽처럼 부드럽게 하는 유연한 사고를 지녔다. 대학에서는 기존의 축적된 지식이 사고를 방해하기 때문에 부드러운 반죽도 돌덩이처럼 굳게 하는 단단한 고정관념에 묶여 있어서 사고확장이 어렵다.

성적의 지배를 받는 제도권 교육 안에서 날마다 엄청난 양을 주입받기만 하고 자신의 생각을 자유롭게 표현하는 방법과 표현할 공간을 마련하지 못하는 학생들에게 그나마 방과 후 학교에서 진행하는 논술 수업은 거세된 사고를 맘껏 풀어내는 활발한 소통의 창구가 된다. 틀을 벗어난 창의성을 지닌 아이들은 그들의 특수성을 말하고 싶어 아우성이다. '아이들'이 아닌 '아이'로서의 단독성을 발현하며 역동적으로 숨 쉴 수 있는 수업 방식이 필요하다.

"임금님 귀는 당나귀 귀!"라는 이발사의 외로운 외침이 뒷발로 차는 뒷담화가 되지 않도록 막아놓은 물꼬를 풀고 말할 수 있는 장이 필요하다. 아무리 재미있는 철학이라도 '교재'가 되면 시험 성적을 산출하는 지루한 과목이 된다.

논술은 말을 많이 하는 수업이다. 제시문에 대한 배경 설명과 그에 맞는 적절한 예를 들어 저들의 내면에 가라앉은 생각을 마중하는 수업이기 때문이다. 교사가 얼마만큼의 어떤 마중물을 부었느냐에 따라 제시문을 해석하는 학생들의 반응은 사뭇 달라진다.

오늘 논술 주제는 제시문 「돌쇠 놈과 돌쇠네」를 읽고 긍정적인 말하기다. 돌쇠 놈이 판 고기 한 근과 돌쇠네가 판 고기 한 근의 양이 서로 다른 이유를 마음의 저울로 달았다는 것에서 찾아내는 학생들, 어쩌면 그들의 통찰처럼 세상에서 가장 아름다운 것은 마음의 저울로 단 무게가 아닐까.

사람의 뒷말과 타는 말의 뒷발은 무엇보다 깊은 상처를 남긴다. 자신이 부린 혀가 누군가의 마음의 저울에 측정되어 부메랑이 된다는 것을 염두에 둔다면 말하기는 좀 더 신중해질 것이다.

편지가 뭐예요

"선생님. 편지가 뭐예요?"

초등학교 3학년인 아이가 달려와 다급하게 묻는다. 그날 백일장 글제가 '편지'였기 때문이다. 상대편에게 전하고 싶은 안부나 소식, 하고 싶은 말을 글로 적어 보내는 것이라고 설명하고 이메일이나 문자도 편지 형식의 하나라고 덧붙였지만 뭔가 허전하다. 그랬더니 친구들끼리 주고받는 '카톡'이나 '카카오스토리'도 편지가 되느냐고 묻는다.

아이의 두 손에 들린 깨끗한 원고지 위로 하얀 벚꽃이 꽃비처럼 우수수 떨어진다. 그 와중에 꽃잎을 쏟을까 봐 연신 원고지를 오므리며 나를 바라본다.

"원고지 빈칸 가득 박힌 이 꽃잎도 편지란다. 자연이 우리에게 보내는 계절 편지이지. 하얀 원고지를 들고 깊은 생각에 잠긴 지금의

이 모습도 어른들에게 보내는 희망의 편지가 될 수 있고."

아이는 제자리로 돌아가 얼굴 가득 미소를 짓더니 무언가를 또박또박 적는다. 꽃보다 예쁜 그 모습에 이끌려 살짝 들여다보았다.

벚꽃처럼 예쁜 우리 선생님 / 김윤미 선생님
선생님의 꾸중은 웃는 거예요 / 울 엄마보다 더 착한 우리 선생님
선생님이 지나간 자리마다 미소가 휘날려요
벚꽃처럼 환한 선생님의 얼굴이 방금 도착했어요

아이가 거론한 그 김윤미 선생님은 만나는 사람마다 사랑의 채무자로 만드는 요즘 보기 드문 교사이다. 학생들이나 동료들 사이에서 그를 모르는 사람이 없을 정도로 늘 몸에 겸손과 배려가 배어 있다. 등·하교 도우미 선생님, 야간 건물 관리자 아저씨, 방과 후 선생님들까지 일일이 다가가 반갑게 인사를 건네며 추운 날이면 차 한잔 끓여 전달하는 가슴이 난로인 사람이다. 운동장이나 도로변에 떨어진 학용품이 있으면 지나치지 않고 찾기 좋은 곳에 올려놓는 그야말로 천성이 반듯한 사람이다. 감사한 마음을 작게나마 표시하면 더 큰 감사로 되돌려주기 때문에 진심으로 우러난 감사조차 건네기가 어렵다.

그 선생님과는 삼 년 전 방과 후 담당 부장과 방과 후 논술 강사라는 인연으로 알게 되었다. 천성이 온유하니 말과 행동이 일치하

고 평상시 낮은 자들을 살피고 섬기는 모습은 테레사 수녀의 박애를 연상케 한다.

스피노자는 『에티카』에서 감사 또는 사은에 대해 사랑의 감정을 가지고 우리에게 친절을 베푼 사람에게 친절하고자 하는 욕망 또는 노력으로 정의한다. 물론 사랑과 친절을 행할 때 되돌아오는 사랑을 기대하고 하는 것은 아니지만, 마르크스의 주장처럼 사랑으로서 되돌아오는 사랑을 생산하지 못한다면 그 사랑은 무력하며 불행한 것이라고 할 수 있다. 그 선생님이 이번 스승의 날에 교육부 장관상을 받은 것을 보면 모든 일은 사필귀정이다.

학교에서 아이들과 함께 논술 수업을 하면서 반 급훈으로 삼는 수업 신조는 '머리로 생각하고 가슴으로 느끼고 몸으로 실천하는 글쓰기'이다. 세상에서 가장 먼 거리가 머리에서 발까지의 거리라지만 언행일치, 지행합일의 교육을 위해 늘 자기검열을 한다. 아무리 좋은 이론과 진리도 교사 스스로 본이 되지 못하면 공허하게 울리는 꽹과리이며 허공에 흩어진 공명이다.

어린 맹사성을 교화시킨 무명선사와 제자들의 눈높이로 세상을 바라보던 페스탈로치도 그 누군가의 군자적 사랑이 되돌려낸 사랑이다. 원고지에 선생님의 이름 석 자를 또박또박 눌러 쓰는 아이, 어린 제자의 입가에 함박웃음을 드리운 그 선생님이야말로 무수한 사랑을 생산해 낼 이 시대의 진정한 스승이고 교육자이다.

　"넓은 하늘 아래 가장 소중한 것을 찾아오라면 여러분은 어떤 것을 가져오겠습니까?"

　"예쁘고 따뜻한 마음이에요. 오스카 와일드의 동화『행복한 왕자』의 심장처럼 용광로에도 녹지 않을 정도로 아주 뜨거운 심장을 지닌 사람의 마음이에요."

　"강아지 똥이에요. 권정생의 동화처럼 민들레 꽃씨의 거름으로 스며들어 예쁜 꽃을 피우고 그 민들레꽃으로 사람들도 행복해하니까요."

　돈이나 명예라고 하기보다는 따뜻한 마음이라고 한다. 그렇다. 이 세상에 쓸모없는 존재나 없어도 될 것들은 하나도 없다. 저마다 존재하는 이유가 있고 목적이 있다. 그것을 아이들이 인식하는 중이다. 자신을 먼저 생각하는 이기적 관점에서 모두 함께 생각하는 인문적 관점으로 바뀌면서 차이와 다름을 인정하는 수평적 사고, 인문적 사고로 변하는 중이다. 각 학교도 자유학기제를 맞아 여러 가지 참교육 혁명을 벌이는 중이다. 교사들 스스로 '나부터 교육혁명' 의식 고양 때문일까? 질문이 바뀌면 대답이 바뀐다는 말처럼 아이들의 대답이 혁신적으로 바뀌는 중이다. 생각이 바뀌면 말이 바뀌고, 행동이 바뀌고, 습관이 바뀌고, 성격과 성품이 바뀐다.

최근 교육계의 큰 화두는 인성과 인문학이다. 인문학이란 인간이 인간답게 살고 현재보다 더 나은 삶을 위해 인간에 대해 연구하는 학문을 말한다. 국회를 통과하여 2015년 7월 21일부터 시행된 「인성교육진흥법」은 건전하고 올바른 인성을 갖춘 시민 육성을 목적으로 한다. 즉, '자신의 내면을 바르고 건전하게 가꾸어 타인, 공동체, 자연과 더불어 사는 데 필요한 인간다운 성품과 역량을 기르는 것을 목적으로 하는 교육'이다.

'어린이 인문학'이란 말이 출현할 정도로 인문학에 대한 관심이 높아지는 가운데 인문학은 아이들이 세상을 살아가는 데 꼭 필요한 지혜를 갖출 수 있도록 안내하는 나침반이다. 어린이 시기는 돌덩이처럼 단단한 물질을 제시해도 밀가루 반죽처럼 유연한 사고를 뿜어내는 시기이다. 인격 형성 시기인 이 시기의 인문학 교육은 무엇보다 절대적이다. 인문 정신으로 다져진 바탕과 토대 위에 쌓은 지식이라야 꽃을 틔울 수 있고 그런 반석 위에 세워진 지식이라야 열매를 거둘 수 있다.

순자(荀子)의 「권학편」에 소인(小人)은 학문을 귀로 들어서 입술로 표현하지만, 군자(君子)는 학문을 귀로 들어서 몸으로 표현한다는 말이 있다. 인문학 관련 독서나 글쓰기 훈련은 올바른 선진시민으로 가는 지름길이다. 트레버 로메인의 『넓은 하늘 아래』는 인문 정신을 함양하는 좋은 책 중 하나이다.

어느 날 할아버지가 손자에게 자신이 떠나면 재산을 물려줘야 하니, 드넓은 하늘 아래서 인생의 비밀을 찾아오라는 문제를 낸다. 손자는 몇 년 동안 인생의 비밀을 찾아 여행하며 여러 격언을 듣는다. 나무는 인생의 비밀을 땅에 단단히 뿌리를 박아야 바람에 쓰러지지 않는다고 말하고 농부는 씨앗을 심고 돌보듯 생각을 키우면 어느새 열매를 거둔다고 말한다. 할아버지가 손자에게 주고 싶은 유산은 바로 인생의 비밀을 찾아 헤맨 그 '여정'이다. 넓은 하늘 아래 모든 것이 할아버지가 손자에게 주고 싶은 재산인 것이다. 우리의 삶 모든 것이 소중한 보배요, 스승이기 때문이다.

그야말로 물고기 잡는 법을 가르치는 인문적 교육이며 인문적 유산이다. 손자의 가슴이 뛴다. 그 이야기를 읽는 아이들의 심장도 뛴다.

선생님, 김장 드세요

"선생님, 김장 드세요."

저학년 학생 한 명이 고학년 논술 수업시간에 느닷없이 문을 박차고 들어와 교탁 위에 김이 모락모락 피어나는 비닐봉지 세 개를 펼친다. 풋풋한 양념으로 갓 버무린 김장김치와 잘 삶은 아롱사태 수육, 따끈따끈한 손 두부다. 엄마가 식기 전에 드시라고 했다며 연신 싱글벙글한다. 얼마나 급하게 뛰어왔는지 머리카락이 이마에 엉겨 붙었다.

"선생님, 젓가락도 없는데 어떻게 먹어요?"
"오리지널 포크 있잖아. 손으로 먹어 봐. 더 꿀맛일걸?"

수업이 끝나고 아이들과 맨손으로 김장김치를 쭈욱 찢어서 고기와 두부에 얹어 먹던 그 맛은 영원히 잊지 못할 아름다운 추억이다. 또 하나의 따뜻한 추억은 직접 빚은 김치만두를 양푼 가득 갖고 와 교무실과 교장 선생님까지 나눠 먹던 일이다. 지금도 그 푸근한 정을 떠올리면 가슴이 후끈거린다.

이제는 전설 같은 일이지만, 이따금 그 입맛이 그립다. 아니 그 맛에 깃든 정이 그리운 것일 테다. 김장하거나 만두를 빚을 때면 정겹고 따뜻한 그 이미지가 모락모락 피어오른다.

그러고 보니 겨울이다. 창밖엔 겨울비가 내린다. 공연히 베란다 창문을 툭 치는 걸 보니 저도 외로운 것이다.

정말 세상의 본질은 외로움일까. 정호승의 시처럼 가끔은 하느님도 외로워서 눈물을 흘리실까. 새들이 나뭇가지에 앉아 있는 것도 외로움 때문이고, 누군가 물가에 앉아 있는 것도 외로움 때문일까.

겨울비는 액자 속 풍경과 접속하는 매개이다. 햇김치에 밀려 베란다로 내놓았던 묵은김치 한 통을 꺼내 썰고 고기와 양파를 볶는다. 아이들도 다 나가고 먹을 사람도 없는데 만두소가 양푼으로 가득하다. 아마도 그 시절이 그리운 까닭이다.

지난 고학년 논술 수업시간에는 발터 벤야민의 「산딸기 오믈렛」을 다뤘다. 지금은 풍요롭고 호화로운 삶을 사는 왕이 있는데, 그는 오십 년 전 왕자 시절을 그리워한다. 다급하게 쫓기는 전쟁 중에 산중 오두막에서 얻어먹던 산딸기 오믈렛의 향수 때문이다. 궁정 요리사에게 그 맛을 재현해 달라고 주문하지만 요리사는 만들 수 없다며 무릎을 꿇는다. 물론 궁정 요리사는 산딸기 오믈렛을 맛있게 만들 황금 요리법도 알고 있다. 그런데 만들 수 없다는 것이다. 학생들은 토론을 통해 '상황'이라는 재료가 없다는 이유를 들었다. 전쟁이라는 두려움 속에서 추위에 떨며 굶주리던 긴박한 상황을 다시 준다면 똑같은 입맛을 느낄 거라는 명쾌한 해답이다.

그런 맥락일까. 시원한 맛을 낸다고 갈치 젓갈에 생새우, 굴 기장을 넣고 듬뿍 재료를 아끼지 않았는데도 오래전 제자가 수업 중에 배달한 그 김치 맛을 찾을 수 없다. 소고기와 돼지고기를 반반씩 갈아 넣고 국산 두부로 빚은 만두 또한 학생의 어머니가 교실로 양푼 가득 들고 온 그 맛이 아니다. 이 또한 상황이라는 그날의 재료가 빠졌기 때문이다. 추운 겨울날, 정규 수업이 끝나고 슬슬 배고픔이 몰려드는 시간에 교장 선생님 몰래 먹는 그 짜릿한 상황을 연출하면 가능할까.

정들 시간이나 뜸 들일 시간도 없이 완제품을 만들어내는 이때, 그 옛날 산딸기 오믈렛의 맛을 추억하는 것이 어찌 왕뿐이겠는가. 이따금 밥 타는 냄새가 그리워 솥을 태우는 일도 어쩌면 그런 연유이다.

오래전 경험한 그 포근한 사랑을 어디로 배달할 것인가. 가끔은 풍요 속 허기를 느낀다.

인간의 본성이란 주제로 고학년 마지막 논술 수업을 하는 날이다. 알퐁스 도데의 「마지막 수업」을 연상하는 듯, 학생들은 그 어느 때보다 더 진지하게 참여했다. 6년 내내 논술 수업을 해오던 몇몇 제자의 두 눈에 눈물이 고인다. 평정심을 유지하며 맹자(孟子)의 성선설, 순자(荀子)의 성악설, 고자(告子)의 성무선악설에 대한 토론을 진행했다.

인간은 태어날 때부터 선했다고 주장하는 아이들은 위기에 놓여 있는 사람들을 본능적으로 도와주려는 사람들을 예로 들었고, 악이라고 주장하는 아이들은 공짜 물건 앞에서 서로 더 많이 가지려는 욕심을 예로 들었다. 그리고는 고자의 성무선악설은 환경에 따라 사람의 마음과 행동이 달라지니 오히려 아이들은 선과 악을 동시에 지닌 성유선악설에 가깝다고 반박했다.

레오나르도 다빈치가 〈최후의 만찬〉에서 그린 예수와 유다의 모델이 똑같은 인물이었음을 상정할 때, 인간은 환경과 상황에 따라 선과 악을 무의식적으로 드러내는 존재라고 추론했다. 그렇다면 선과 악이 공존하는 개인과 사회에서 어떻게 살아야 하느냐고 물었더니 아이들은 선한 사람에게는 선하게, 악한 사람에게는 악하게 대응해야 한다고 답했다. 그래야만 선한 사람의 피해는 물론 악한 사람의 행동도 줄어들어 사회가 덜 힘들다는 것이다. 그야말로 팃 포 탯(Tit for Tat)게임이다. 입으로만 선하게 살라고 했던 기성세대에 대한 강력한 반박이며 부분만을 보고 전체를 보지 못하는 전형적인 사고에 대한 질타이다.

마지막 수업을 마치자 교실 뒷문으로 자장면과 탕수육이 배달되었다. 졸업을 앞둔 6학년 제자들에게 해주는 연례행사이다. 참새 떼처럼 재잘거리며 책상을 모으고 앞 접시를 나누는 학생들을 바라보니 만감이 교차한다.

논술 수업은 '내가 먼저'가 아니라 '우리 함께'를 배운다. 동년배의 다양한 생각도 들을 수 있고 무엇보다 어떻게 하는 것이 좋은가를 묻는 수업이어서 철학적인 사고와 함께 창의력이 크게 향상된다.

"교과 시간에 배우는 시보다 논술 시간에 배우는 것이 더 실감 나고 공감의 폭이 깊어요. 논술 수업에서는 내 생각을 말할 수 있어서 행복해요. 친구들의 다양한 생각도 들을 수 있고요. 서로 경쟁할 필요도 없으니 재미있어요. 하지 말라는 것보다 어떻게 하는 것이 좋은가를 묻는 수업이어서 창의적인 생각을 많이 하게 되고 토론할 내용을 준비하기 위해서 도서관을 찾는 일도 많아요."

논술 교육은 진리를 보게 하는 수업이다. 삶을 숙고하게 하는 과정이며 따뜻한 삶을 함께 나누는 수업이다. 시험을 보고 나면 사라지는 휘발성 지식이 아니라 머리로 생각하고, 가슴으로 느끼고, 몸으로 실천하는 일원화된 삶 교육이다. 학교 폭력이 군대 폭력, 가정 폭력, 사회 폭력으로 확장되고 예수의 모델로 섰던 선한 얼굴이 유다의 모델이 되는 책임을 누구에게 물을 것인가. 아름다운 삶을 나누지 못하고 보여주지 못한 우리 모두의 잘못이고 책임이다.

"시를 쓰면 생각이 예뻐져요. 시를 쓰면 마음이 착해져요. 시를 쓰면 두 눈이 바빠져요.
얼음이 녹으면 따뜻한 봄이 와요. 봄이 오면 꽃이 피어서 좋고요. 꽃이 피면 우리도 꽃처럼 웃어서 좋아요. 가난한 사람들은 춥지 않아서 좋고요."

제자들의 고백처럼 그들이 만들어갈 세상은 따뜻한 세상이길 소망한다. 경쟁 사회에서 '내가 먼저'가 되기 위해 상대를 누르는 구도가 아니라 '우리 함께'를 외치며 수평으로 나아가는 삶을 희구한다.

그래서 이 땅의 모든 사람이 시인이 되어 시처럼 살 수 있는 세상을
꿈꾼다.

선녀는 왜 나무꾼을 떠났을까

불 먹은 단풍들이 하나둘 편지
처럼 다가오는 가을이다. 지난주 집안 결혼식이 유성의 한 웨딩 하
우스에서 있었다. 신랑, 신부 측 친가와 외가의 직계 사촌 백여 명과
신랑, 신부 친구들 삼십 명 정도의 소수정예로 단출하게 진행한 예
식이다. 주례 없는 예식이 낯설지 않지만, 양가 어머니들의 정장 차
림과 신랑, 신부의 편지글 형식의 혼인서약이 이색적이다. 신부 측
가족의 피아노 연주와 축가를 끝으로 십여 분의 간단한 예식이 끝
나자, 식장 내 원탁에 하나둘 음식이 놓이고 신랑, 신부가 하객들에
게 돌아다니며 덕담을 듣는다.

우리 쪽으로 다가와 씩 웃는 조카에게 덕담보다는 "결혼은 두 사
람이 하나가 되는 것이 아니라, 각자 다른 두 사람이 함께하는 길임
을 인정하는 데서 출발해야 한다."고 당부했다. 서로 다른 문화에서

다른 성향으로 살아온 두 사람이 하나가 된다는 것은 지극히 어려운 일인데 한 사람이 다른 한 사람에게 흡수되는 형국은 폭력일 수밖에 없다.

톨스토이의 우화 「소와 사자의 사랑 이야기」는 결혼한 부부라면 한 번쯤 생각해 볼 문제이다. 둘은 어느 날 더는 함께 살 수 없다며 법정에 섰다. 판사는 혼인을 유지할 수 없는 이유를 물었다. 그러자 소는 자신이 아끼는 풀을 주었는데 사자가 먹지 않았다고 말하고, 사자는 자신이 좋아하는 고기를 주는 데도 소가 불평했다고 말한다. 최선을 다했다고 주장하는 이들의 문제점은 자신이 좋아하는 것만 주었다는 데 있다. 즉, 상대방이 원하는 것이 무엇인지 잘 알지 못한 데서 비롯된 파국이다.

처음부터 두 사람이 하나 되는 길이라는 덕담은 가부장적 질서하의 폭력적인 일이다. 전래동화 『선녀와 나무꾼』에서 선녀가 나무꾼을 떠나 하늘로 간 이유는, 선녀의 정체성이 하늘이기 때문이다. 나무꾼이 자신의 어머니를 위해서 선녀를 땅의 사람으로 살게 하는 행위를 효로 볼 문제는 아니다. 물론 불행의 첫 번째 원인은 사슴으로부터 시작된다. 사슴이 나무꾼에게 선녀의 날개옷을 훔치라는 잘못된 방법을 알려주지 않았다면 그런 불행한 결과는 일어나지 않았을 것이다. 두 번째 원인은 잘못된 방법을 알고도 자신의 행복을 위해 선녀를 불행에 빠트린 나무꾼에게 있다.

소와 사자처럼 최선을 다했다고 주장하고, 자신의 행복을 위해서 상대를 불행하게 하는 일이 결코 먼 데 있지 않다. 가장 가까운 부부 사이에서 비일비재하다. 내가 행복한 일이 상대도 행복한 일일 때, 그 길이 부부 금실의 바로미터일 것이다.

예식이 끝나고 집으로 돌아오는 길, 남편이 내게 자신은 어떤 사람이냐고 묻는다.

식물로는 토마토요, 동물로는 박쥐라고 했더니 갸웃거린다. 과일로도 먹고 채소로도 먹는 것이 토마토요, 날아다니는 새이기도 하고 네발 달린 짐승으로 포유류도 되는 것이 박쥐이니 의역하면, 상황에 따라 아내 하는 일을 잘 동조해주는 자상한 남편이라는 의미이다.

부부 사이에 자존심을 세우며 힘겨루기하는 일보다 어리석은 일은 없다. 아름다운 입말로 상황이 밝아진다면 말 부조만큼 쉬운 일이 또 있을까. 세상에서 가장 가깝고도 먼 거리인 부부, 정으로 곰삭은 오랜 시간이 남남 사이의 긴 터널을 종이 한 장의 경계로 좁혀 놓는다. 잘 익은 사랑은 미운 정, 고운 정으로 뜸 들이며 시간과 함께 농익어 간다. 서로의 아이덴티티를 존중하며 두 사람의 간극을 좁혀 가는 그 길이 소와 사자가 행복하게 사는 길이며, 선녀와 나무꾼이 오래오래 잘 살았다는 이야기로 남는 길이다.

언어는 인격의 깊이다

"당신의 언어 온도는 몇 도쯤 될까요?"

이기주의 『언어의 온도』 서문에 나오는 문장이다. 지나치게 뜨거우면 화상 입기 쉽고 지나치게 차가우면 꽁꽁 얼기 쉬운 것이 언어 온도란다. 그렇다면 내가 쓰는 언어의 온도는 몇 도일까?

얼마 전 저학년 학생 건호가 '칭찬 상장'을 만들어 왔다. "선생님은 말을 항상 예쁘게 하고 칭찬도 잘하기에 이 상장을 드립니다." 꼭꼭 눌러 쓴 아이의 마음이 심장 박동을 일으킨다.

언어 온도는 거리와도 비례한다. 가까우면 지나치게 올라가서 데이고 멀어지면 내려가서 언다. 서까래 기둥 같은 딱 그만큼의 거리, 적당한 온도가 필요하다. 그런데 보편적인 기준을 교란하는 지나친 겸손 또한 자기 과신 못지않게 위험하다. 각자 사고의 지평만큼 해석하고 받아들이는 터라 화자와 청자의 이해 폭이 꼭 일치하는 것은 아니다. 좋든, 나쁘든 지나친 것들은 불편을 만드는 요인이다. 지나치거나 모자라지 않을 정도의 거리, 그 사이를 흐르는 적당한 중용의 온도가 필요하다.

나와 한방을 쓰는 짝의 언어 온도는 차가움이 70%를 차지한다. 직장 스트레스가 만만찮은 이유일 것이다. 좋아하는 야구 경기를 보거나 동물 관련 프로그램을 볼 때만 천진한 어린아이처럼 키득거리며 즐거워한다. 서로 하는 일과 취미도 다르다 보니 화제는 가정사로 늘 단조롭고 미지근하다.

가깝게 지내는 친구들은 어떨까? 대개 공통분모가 많은 사람으로 교제가 형성되니 비교적 따뜻하게 흐른다. 그러나 때로는 격의 없이 흘러 무의식중에 상처를 내기도 하고 의도와 달리 엉뚱하게 흘러 오해를 낳기도 하지만 대개는 파장이 비슷한 성향들이니 비교적 적정 온도를 유지한다. 그러나 직장에서 업무로 맺은 인연에는 대개 포장된 말들이 오간다. 일과 관련한 공적 관계의 인연들이라서 상대방이 전달한 온도만큼 조건부로 흐른다.

얼마 전 수업 중에 지그문트 프로이트식으로 꿈 해석과 무의식을 테스트하는 시간이 있었다. 최근에 꾼 꿈 중 가장 기억에 남는 것을 적고 순간 떠오르는 낱말을 서른 개 정도 적도록 하였다. 꿈은 무서운 동물에게 쫓기는 내용이거나 시험에 관한 내용, 무언가에서 떨어지는 내용이 많았고, 눈 감고 떠오르는 낱말 적어보기에서는 놀랍게도 70% 정도가 부정적인 낱말을 적었는데 그 중엔 분노와 욕설, 폭력적인 것들이 많았다. 엄친아, 엄친딸이라고 할 정도로 모범적인 아이들도 심한 공격성을 띠었다. '노예' '숙제' '안 돼' '하지 마' '싫어' '짜증 나' '미쳐' '됐어' 등 차갑고 부정적인 낱말이 많고 차마 표현할 수 없는 욕설도 나열하기 어렵다. 문제는 그들이 우수 집단이라는 데 있다.

테스트를 마친 아이들은 자신이 가장 많이 쓰는 언어의 평균을 냈는데 따뜻한 언어 30%, 차가운 언어 70% 정도의 비율로 사용한다고 하였다. 사용하는 언어를 보면 그 사람의 속성은 물론 그가 속한 환경과 사회를 가늠할 수 있다. 한참 자유로워야 할 아이들이 어쩌다 이렇듯 아픈 세상을 사는 것일까? 경쟁을 부추기는 지금과 같은 삶의 방식 속에서 부정적 강화와 근시안적으로 훈육 받은 아이들의 가슴이 어떻게 따뜻한 온도로 흐를 수 있단 말인가?

언어는 인격의 집이다. 사랑이 배경인 언어 온도는 따뜻하다.

말꽃다발

따뜻한 말밥이 그리운 시대이다. 물리적으로 배부른 시대와는 달리 정서적으로는 매우 궁핍한 시대를 살고 있다.

얼마 전 독서논술 강의를 나가는 모 초등학교에 상담교사 한 분이 새로 부임해 왔다. 저학년 수업을 마치고 고학년 수업을 위해 잠시 칠판 정리를 하고 있는데 교실 문을 두드리더니 올해 새로 온 사람이라며 따뜻한 인사를 전한다. 상담실은 강의실 바로 옆에 있어 이따금 수업 전 티타임을 하며 상담 지식과 정보로 아동 지도 경험을 교환한다.

어린 학생들 대상으로 독서논술, 글짓기 관련 교육에 종사하다 보니 국문학과 교육학 전공 외에도 심리상담사 과정이 불가피하여 오래전 2급 과정을 취득했다. 그 덕분에 아이들의 반사회적인 행동, 비

언어적인 행위까지도 그 행간 읽기가 가능하여 다소 지도가 수월하다. 독서 토론과 글쓰기 과정을 통하여 아이들의 심리상태를 충분히 확인할 수 있기 때문이다. 따뜻한 도서를 선정하여 아이들의 마음을 정화하고 심성을 바르게 하는 일도 넓게는 상담의 한 범주이다.

상담교사 이영혜 선생님과의 인연은 그렇게 시작되었다. 그날도 다른 날보다 일찍 도착하여 상담실 문을 두드렸다. 때마침 상담을 마친 아이는 블록 쌓기 중이다. 준비해 간 간식을 나눠 먹으며 아이와 함께 감정표현 놀이를 했다. 그 후로도 상담실에 가면 그 아이를 종종 볼 수 있었고 그때마다 아이의 표정이 봄날처럼 바뀌는 것을 발견했다. 며칠이 지나 상담실 출입이 잦던 아이의 어머니로부터 아이가 독서논술 수업을 듣고 싶어 한다는 전화를 받았다. 그로부터 한 달이 지난 지금, 그 아이는 하브루타 독서토의에서 중추적인 역할을 하고 있다. 또래들 작품 합평회 시간엔 적당히 당근과 채찍을 사용하며 발전적인 분위기를 도모하는 쪽이다.

아이가 그렇게 변화하기까지는 상담실의 역할이 크다. 창의적인 아이의 특별한 행동이 보편이라는 틀에 매 맞아 문제 아동으로 낙인찍힐 무렵, 따뜻한 선생님을 만나 다행이다. 내가 만난 이영혜 선생님은 인품과 사랑을 겸비한 교사 중의 진품 교사이다. 늘 언제나 학생들의 입장에서 상황을 분석하며 "아하, 그렇구나!"를 달고 사는 전형적인 상담교사이다. 울고 들어온 학생, 분을 삭이지 못해 폭력적인 말을 쏟아내는 학생들도 십여 분 후면 평정심을 찾고 온순한 아이가 된다. 담임교사 선에서 해결하지 못한 일들을 척척 해내는 그 선생님의 장점은 늘 함박웃음으로 반갑게 맞아주기, 엄마처럼 꼭 안아주기, 끄덕끄덕 긴 이야기 들어주기이다. 감정놀이와 미술 치료 등으로 마음 표현하기 과정도 곁들인다. 일반적인 상담실 풍경인데도 상담을 마치고 나오는 아이들의 표정이 들어갈 때와 너무도 다른 모습이다. 말꽃다발을 한 아름 받고 활짝 열린 미소와 자신감 넘치는 모습으로 성큼성큼 나오는 아이들을 보며 교육에 대한 정의를 되새긴다. 아이의 시점으로 세상을 바라보는 눈과 그 높이만큼의 무릎 조절이 필요한 시대이다.

지난번 스승의 날에 "여러분은 제 인생의 가장 큰 스승입니다. 고맙습니다. 사랑합니다. 여러분처럼 살겠습니다." 하고 두 손을 모으고 인사를 올렸다. 그러자 아이들은 더 큰 소리로 "선생님, 사랑해요!"를 외쳤고 나는 하청호 아동 문학가의 동시 「말꽃다발」로 따뜻한 말밥을 지어 올렸다.

좋은 말은 꽃이다 / 예쁜 말꽃이다 //

힘들었지 / 사랑해! // 꽃보다 예쁜 / 말꽃다발

- 하청호, 「말꽃다발」 全文

엄마로부터 교육혁명

얼마 전 지인의 교육 에세이 서평 부탁을 받고 「엄마로부터 교육혁명」이라는 제목으로 작품 해설을 마쳤다. 그 이전에 강수돌 교수의 『나부터 교육혁명』을 읽고 교육에 대한 새로운 자극을 받은 터에 그 연장선에서 만난 교육 에세이 김재국 박사의 『사교육 1번지! 대치동 돼지엄마의 추억』은 확고한 교육철학을 세우는 계기를 마련했다.

남아프리카 잠비아 북부 고원지대의 바벰바 부족은 원시적인 생활을 하지만 가장 고차원적이고 긍정적인 교육을 하는 부족이다. 잘못을 범한 사람이 생기면 그를 마을 한복판에 세우고 부족 전체가 돌아가며 그의 장점이나 선행들을 조목조목 나열한다. 이 칭찬세례에 죄인은 눈물을 줄줄 흘리고 마을 사람들은 새사람이 되었다는 인정하에 축하 잔치를 벌인다. 그야말로 아이 하나를 키우는

데 마을 전체가 참여하는 따뜻한 모습이다. 그렇게 칭찬 세례를 받은 사람은 다시는 죄를 짓는 일이 없다니 이것이야말로 우리가 지향해야 할 교육 방법이다.

중국 고대 교육의 목적과 시작은 자아탐구에서 시작하며 행복한 진아(眞我) 찾기에서 비롯한다. 공자(孔子)의 공부법은 자기주도학습의 기초이다. 지식을 스스로 구성하며 문제해결 능력을 키우고 비판적 분석을 함양하며 창의·융합적 존재로 서는 길의 기초는 자신 탐구로부터 시작한다. 그러기 위해서는 교육 평론『사교육 1번지! 대치동 돼지엄마의 추억』저자의 고민처럼 교단에서 학생들에게 먼저 공부하는 내적 동기를 강화하는 것이 필요하다.

초등학생에게 공부하는 이유를 물으면 훌륭한 사람이 되기 위해서라는 대의적인 목적을 제시한다. 중학생과 고등학생은 공부가 육체 노동자에서 지식 노동자로 업그레이드하고, 시급 만 원에서 백만 원으로 올리며, 국산 차에서 고급 외제 차로 승격할 수 있는 유일한 방법이라고 말한다. 대학생은 직장이 바뀌고 배우자급이 바뀌기 때문이라는 다소 현실적인 답을 내놓는다. 공부하는 저마다의 목적이 틀린 말은 아니지만, 그 이유마저 자본주의적 속성과 맞물려 안타깝다.

자본주의는 때로 인간을 돈의 노예로 만들며 신봉하게 하는 여우 같은 속성을 지녔다. 교육의 목적이 표면적으로는 사회가 원하는 훌륭한 사람으로 성장하기 위해서라고 하지만, 이면적으로는 자본을 잘 굴리기 위한 부품 지도에 지나지 않는다. 주체 상실의 교육은 철저히 자아를 타자로 만든다. 여우 가라사대, 자본을 움직이는 최상품이 되라는 것이다. 그러니 엄청나게 투자한 학습 시간만큼 행복지수도 비례하는 것이 아니라 낭떠러지로 곤두박질하는 것이 아닌가. 고급문화와 고급 쾌락을 인식할 고차원 수업을 받으면서도 생활 속 무의식은 그 저편을 배회하니 삶과 교육의 괴리가 상당하다.

맥도날드가 무서워하는 나라 '부탄 왕국'은 가난하지만, 행복지수가 높은 청정한 나라이다. 부탄은 우리나라 인구 사 분의 일 정도의 작은 나라로 중국과 인도 사이 히말라야산맥에 위치한다. 문화생활과는 동떨어진 나라지만 행복지수는 세계 1위이다. 행복은 소유와 비례하지 않는다는 것을 증명하는 나라이다.

자신이 행복하면 타자를 이해하고 배려하는 마음도 크다. 수평구조 속에서 행복을 산출하는 방법이 필요하다. 이제 아이가 행복한 학교, 행복한 교육이 되려면 교육의 본질에 대한 정확한 이해와 교육의 핵심 리더인 엄마로부터의 교육혁명이 불가피하다. 교육의 시작은 '나는 누구이며 어떻게 살 것인가?' 하는 소크라테스식 아는 것에서 출발한다. 삶을 부리는 능동적 주체로 살며 자신에게 행복한 일이 타자에게도 행복한 일이고 공동체의 유익을 끼치는 일일 때 모두가 행복한 주체가 된다. 중국 제자백가 시대의 철학자 양주(楊朱)처럼 굳이 '머리카락 한 올로 세상을 이롭게 하지 않아도' 각자가 일정한 규칙 안에서 혼자 도는 팽이처럼 돌되 전체적으로 조화를 이루며 자립(自立)하는 삶이라면 그것이 교육의 본질이며 공동체가 정의롭고 행복하게 사는 길이다.

행복은 선택이다

한때 대학에서 존폐 위기까지 갔던 인문학이 요즘 센세이션을 일으키며 화두가 되는 이유는 무엇일까? 중세의 신 중심을 전복시키고 르네상스의 인간 본위를 거쳐 과학과 철학의 정점을 이루는 근대를 지나 이성의 꼭짓점에 이르러 돌연 실존에 대한 불안을 느낀 것은 아닐까?

그동안 우리는 보이지 않는 거시 담론이 돌리는 수레바퀴에서 인간은 보편성의 틀을 갖춘 획일화된 존재가 되어갔고 길든 타자로 살아왔다. 지배 담론의 주체에 의해 해석되는 고정된 피사체인 것이다. 문화의 정점에 이르러서야 인간 이성은 보편성만을 강조하고 특수성을 인정하지 않는 구조적 모순을 성찰하게 되었다. 즉, 차이와 다양성을 바라보는 눈이 뜨였다고 할 수 있다. 감각 또한 그 특성에 맞게 신 중심의 청각에서 인간 중심의 감각으로 이동하였다. 요즘

질 들뢰즈의 『천개의 고원』이 회자되는 이유도 개인 안의 개별성이 화두가 되는 이유이다.

그러나 지금 우리가 하는 일은 각자가 잘하는 일이고 좋아하는 일일까? 그것은 선택의 과정에서 확인된다. 자신이 원하는 능동적인 선택보다는 상황을 고려한 불가피한 선택일 확률이 높다. 우리 스스로 자유의지를 거세하고 기정사실이라는 보편적 기준에 들기 위한 경주마로서 달려온 삶이다.

'우리'라는 단어는 공동체 의식을 지향하는 긍정적인 것으로 볼 수 있지만 실은 '나'라는 주체가 실종된 상태라 할 수도 있다. 물론 '나'만의 쾌락을 우선시하는 것은 아니다. 결국, 우리는 사회 계약 속에서 허용된 자유, 도덕률 안에서 누릴 수 있는 자유 의지를 사장하고 훈련된 민주시민으로 살아온 것이라고 할 수 있다.

능동적이고 창의적인 카이로스 삶보다는 수동적이고 물리적인 크로노스 삶으로 살아진 존재, 주체적이고 창조적인 삶을 살지 못한 결과로 환경과 상황을 보는 눈이 부정적인 쪽에 더 익숙해진 것은 아닐까? 희망보다는 절망을 보는 관점은 우리에게 삶의 여유가 없기 때문이다. 희망을 보는 눈은 내 안에 있으며 희망의 키워드는 긍정의 선택에 있다.

칼릴 지브란의 『삶의 향기』에서 긍정적인 시냇물, 『귀머거리 뱀과 정상적인 뱀』에서 상황을 바라보는 귀머거리 뱀처럼 긍정적 사고를 지니면 인생은 얼마든지 행복할 수 있다. 행복은 우리 안에 있으며 내 마음의 열쇠에 달렸다. 그렇지 않으면 발터 벤야민의『산딸기 오 믈렛』의 왕처럼 풍요 속의 빈곤과 현실에서의 만족을 모르는 불행 한 사람이 된다.

사노 요코의『백만 번 산 고양이』에서 누구누구의 애완동물로 살 던 고양이가 길거리에서 먹이를 찾아야 하는 고단함도 잊고 행복해 하는 이유는 주체로 사는 삶을 살았기 때문이다. 길고양이는 긍정 적인 선택을 통해 백만 번 다시 태어나지 않을 만큼 만족스러웠던 것이다.

인문정신의 사고는 사람과 세상과의 관계를 아는 일이고 우리 속 에서 '참나'를 발견하는 과정이라고 할 수 있다. 그것이 삶에 대한 성 찰이며 서로 다른 주체들이 각자의 영역에서 주인으로 살며 행복하 게 사는 길이다. 주인으로 사는 삶과 노예로 사는 삶은 각자가 지닌 마음의 열쇠에 달렸다. 아무리 많은 것을 지녀도 부정하면 불행하 고, 가진 것이 없어도 긍정하면 행복하다. 행복은 선택이다.

마지막 기차

우연히 한국일보 오피니언 「김도언의 길 위의 이야기」 데카당스 문학 편이 실린 기사를 읽었다. "우리나라에는 왜 데카당스 문학이라는 것이 없을까. 데카당스 문학이 존재하지 않는 우리 문학의 현실이 이해가 안 된다."는 내용이다.

2010년 충북대학교 교육대학원 석사 논문으로 '오장환 시의 데카당스 양상 연구'를 발표한 적이 있다. 당시 오장환 시인을 연구하고 싶다고 했을 때 지도교수님은 데카당스 문학으로 연구하면 가치가 있을 거라고 권했다. 이탈리아와 프랑스, 일본의 데카당스 문학 이론을 공부하고 보들레르와 랭보, 말라르메와 러시아의 예세닌의 영향 관계를 비교한 후 정립한 오장환 시인의 데카당스 문학성으로 우리 문단에 미력하나마 초석을 놓았다. 다만 오장환이 월북한 시인이고 논문 발표지가 지방대학이라는 전제 때문에 주목받지 못했던 것 같다.

1930년대의 한국 문단에서 오장환만큼 다양한 평가를 받은 시인도 드물다. 지금까지 오장환은 시단의 천재라는 긍정적인 평가와 퇴폐 성향을 띤 문제 시인이라는 측면에서 평가되었다. 당시 일본에서 공부한 젊은 유학생들을 통해 한국에 유입된 서구문예사조는 제대로 이해되지 못한 채 유입되어 많은 오해를 낳았다. 그런 시단의 흐름 가운데 댄디남 오장환에서 시단의 천재 오장환으로 새롭게 만나기까지는 많은 시간이 걸렸다.

오장환의 시만으로는 오장환 시인을 안다고 할 수 없다. 그가 조선일보에 발표한 「문단의 파괴와 참다운 신문학」, 「제7의 고독」, 「인간을 위한 문학」 등의 산문과 1990년 범우사가 발견한 장시 「황무지의 후속고」 6연을 통해 오장환 시인의 시 세계는 데카당스 문학이라는 긍정적인 출발이 가능해졌다. 그의 시작노선은 식민지 근대 조선의 기형적이고 부정적인 면모를 주제로 새로운 시대를 제시하려는 진보적인 리얼리스트로서의 창조행위이다. 오장환 시의 데카당스는 로마 제국의 몰락 현상으로부터 출발한 문화 데카당스와 그러한 부패와 타락, 퇴폐 현상들을 주제로 현상을 진단하고 새로운 가치를 추구하는 데카당스 문학이라는 긍정적인 의미를 띤다. 잘못된 전통의식을 고발하는 그의 시대 비판의식을 '서자 의식'의 발로라는 지엽적인 평가에만 머문다면 그 편견에 갇혀 천재 시인 오장환을 만날수 없다. 그의 노선은 '나'에서 '세계'로, '여기 이곳'에서 '저기 저곳'으로 확장되는 데카당스 문학인 것이다. 현실부정과 자기파괴를 통해서 새로운 세계, 새로운 자아를 모색했던 오장환 시인, 이후 기형도의 시로 데카당스 문학 연구 논문이 나오면서 한국 시단에서의 데카당스 문학 연구도 본격적으로 활기를 띠게 됐다.

병든.역사를 괴로워하던 오장환 시인, 서자라는 형식에 덮여 사멸된 그의 큰 주제들이 제대로 조명될 날들을 기다리며 그가 회한에 젖던 「마지막 기차」를 되뇐다.

> 병든 역사(歷史)가 화물에 실리어간다.
> 대합실에 남은 사람은
> 아직도 누굴 기다려
> 나는 이곳에서 카인을 만나면
> 목 놓아 울리라.

> — 오장환, 「The Last Train」中

훗날 후손들이 우리에게서 카인을 읽지 않도록 이 시대를 아프게한 모든 것들을 마지막 기차의 화물칸에 실어 보내야 한다.

제3부

열매는
매달린
만큼의
꼭지를
만든다

존재만큼의 그림자를 남기는 일,
가볍게 잘 살았다는 흔적이다.

열매는 매달린 만큼의 꼭지를 만든다

시간 빈곤자로 살아온 일 년, 달려온 길을 돌아보니 뿌연 흙먼지가 난무하다.

감정의 도끼날에 찍혀버린 시간이 낙엽처럼 뒹군다. 다독이지 못한 시간이 의붓자식처럼 등덜미를 잡고 발버둥 치는 십이월의 끝자락이다.

아메리카 인디언들은 몇 시간을 달리고 나서는 미처 따라붙지 못한 영혼을 기다리기 위해 한 시간 정도를 쉬어간다고 한다. 시간 빈곤자란 신조어에 공감할 정도로 그렇게 바쁘게 달려왔다. 정신없이 경주마처럼 달리다 보니 올해는 그 좋아하던 가을도 실종된 상태다. 그 바쁨이 야산의 나뭇잎 하나라도 푸르게 한 일들이었는지 자문한다.

깊어가는 겨울, 새로운 시간의 문을 열기 전에 정리할 것이 많아

바랑을 꾸리고 인적 드문 고향 산을 찾았다. 중턱에 오르자 생강처럼 알싸한 바람이 온몸으로 스며들면서 심신이 치유되는 느낌이다.

겨울 산은 성전이다. 부러진 나무 꼬투리 하나를 지팡이 삼아 중턱에 오르니 곧게 솟은 참나무 사이로 햇살이 화살처럼 번진다. 나무는 열매만큼의 잎을 만들고 열매는 매달린 만큼의 꼭지를 만들며 저마다 순리대로 살아온 일 년, 순하게 사노라니 벌과 나비가 앉았다 간 자리에 꽃이 피고 서둘러 꽃을 버린 자리에 열매를 매달 수 있었으리라.

빈자의 가슴으로 묵언 수행하듯 동안거에 드는 겨울 산, 저마다 진 자리에 열매 맺고 된서리 맞아가며 달게 익어간 꼭지마다 잘 살았다는 흔적이다. 꼭지마저 흔적 없이 내려놓고 빈 몸으로 새봄을 준비하는 모습은 거룩한 성자이다.

문청 시절 수없이 드나들며 문학의 시심을 키우던 곳, 나뭇잎 밑에 드리운 잔설로 쭉쭉 미끄러지는 길을 고집스레 올라 선영(先塋) 옆에 비스듬히 걸터앉으니 생강처럼 알싸한 칼바람이 목 안 가득 칼칼하다. 참나무 가지를 덮고 있던 눈 한 줌이 얼음 먹은 잎사귀 위로 뚝 떨어지며 봉긋한 무덤을 만든다.

둥근 도토리 한 알을 참나무 땅속 밑으로 밀어주는 일, 밤톨 하나 다람쥐에게 내어주는 일도 눈빛 하나 살리는 일이고, 그들처럼 서로 마주 보며 끄덕이는 일도 등불 하나 켜는 일이다. 한여름 저마다 목소리 높여가며 존재의 그늘을 넓혀갈 때 담 밑에서 호박처럼 함박웃음 짓는 일도 행성 하나 빚는 일이다.

올해는 공적으로 아픈 일이 많았다. 그래서 여유롭게 하늘이나 감상하며 아름답게 시 쓸 일도 없었고 끼니때마다 밥 챙겨 먹는 일 용한 양식에 대한 감사도 못 했다. 이따금 나뭇잎 하나 어쩌지 못할 포효만 먼 하늘 가득 먹구름처럼 풀어 놓았다.

무수히 쏟아놓은 지성의 불꽃들이 강단을 메우고 신문의 칼럼을 장식해도, 알몸의 겨울나무 같지 않으면 울리는 꽹과리이며 울 밑에서 호박처럼 함박웃음 짓는 일만 못 하다. 이성복 시인의 호통처럼 '네 고통은 나뭇잎 하나 푸르게 하지 못하는' 그만의 옹알이며 사적 공명일 뿐이다.

이제는 절전 모드가 필요하다. 시간의 문을 열고 내보내야 할 것들과 들여보내야 할 것들을 분류해야 한다. 로그아웃, 로그인!

섣달 그믐날 밤, 시간을 부르는 타종이 여기저기 흩어지면 새롭게 포맷한 자아를 만나야 한다. 글을 쓰는 이들에게 구멍은 매력이 아니라 실책 사유다. 인문학적 신념과 공적 담론을 기본으로 갖추고 그들이 맺어야 할 열매와 그들만큼의 꼭지를 만들며 그 자리만큼의 역할을 다할 때 언술뿐만 아니라 온몸으로 각혈한 열매를 낸 것이고 그것이 이 사회에 등불 하나 건 일이다.

슈퍼맨이 돌아왔다

요즘 〈슈퍼맨이 돌아왔다〉를 비롯해서 부모 또는 아버지와 함께하는 가족 프로그램이 늘었다. 가장의 부재, 아버지의 부재이던 가정에서 소파를 벗어난 아버지들의 동선이 긴 그림자로 이어진다. 가정으로 돌아오는 아버지들 때문에 식탁이 살아나고 아이들과 함께하는 프로그램도 덩달아 인기를 얻는 중이다.

전통 가정에서는 여성 혼자 육아를 담당하면서 가정 살림과 육아 문제가 제대로 평가받지 못했다. 그런 의미에서 아버지와 함께하는 프로그램은 긍정적인 의미를 지닌다. 자리 바꾸기, 역할 바꾸기를 통해서 상대편의 입장을 알아가며 이해하려는 모습들이 신선하게 다가온다. 여권 신장으로 사회 참여와 함께 맞벌이 시대가 된 영향도 있지만, 어찌 되었든 건강한 가족 형태로 변화하는 추세이니 긍정적인 현상이다.

이제는 시장이나 마트에서 장을 보는 아빠들의 모습도 자연스럽게 다가온다. 아내를 대신하여 육아 휴직하는 남편들도 늘고 학부모 공개수업에 참관하는 아버지들의 모습도 절반에 가깝다. 아이의 습관이나 성향까지 꿰뚫고 전화 상담을 요청하는 아빠들도 있으니 놀라운 변모이다.

연초부터 아동학대와 패륜 문제로 사회를 놀라게 했던 많은 일이 주마등처럼 스친다.

아이들이 학교에서 쓰는 언어와 행동으로 가정 분위기를 유추할 수 있을 정도이니 가정환경이 미치는 영향은 매우 크다. 별다른 교육과정 없이도 자연스럽게 대물림하는 가정환경 문화, 가정은 사회로 나가기 전의 기초교육장이다. 기초단계의 토대가 허술하면 제도권 내의 학교 교육도 어렵다.

아버지＝술과 회사, 어머니＝살림과 육아, 집이라는 기존 공식이 무너지고 전통사회를 규정하던 평가들이 수정되면서 아이들의 가치관도 액체가 되어 흐르고 있다. 밖으로 향했던 가장들이 집안으로 들어와 수평으로 흐르면서 사회 현상을 평가하는 기준도 달라지고 그러한 흐름 가운데 아이들도 창조·융합형 인재로 성장하는 중이다. 사랑받는 아이, 인정받는 아이로 잘 성장하려면 가정 내에서의 일차적 사랑과 관계 형성이 잘돼야 한다. 요즘은 사랑을 많이 받고 자란 아이들이 남도 사랑할 줄 알고 사고도 긍정적이다.

학부모 참관 수업에 참여하는 아버지들, 마트에서 장을 보는 가장들의 비중이 점점 늘면서 사회 풍조도 달라지고 있다. 아파트 놀이터에서 아빠와 함께 놀이기구를 타는 아이들, 서점에서 아빠와 함께 책을 고르는 아이들, 그 현상만큼 건강한 무릎 교육은 없다. 〈슈퍼맨이 돌아왔다〉 같은 유아 프로그램의 방영 시간대가 주말 골드타임에 편성된 걸 보면 선진국형 가족문화의 패러다임을 구축하는 것 같아 매우 긍정적이다.

인간은 각 발달 시기마다 채워야 할 부분이 있다. 시기를 놓치면 틈이 생기고 그 틈이 황소 구멍으로 작용하여 인성발달에 큰 영향을 미치기 때문이다. 가정으로 돌아오는 아버지들, 가정의 고답한 경계가 사라지면서 다양성을 갖춘 긍정적인 아이들이 생겨난다. 거목은 토양에서 시작한다. 좋은 토양에 심어진 씨앗이 튼튼한 뿌리를 내리고 우람한 나무로 자라듯, 가정 또한 올바른 인성을 뿌리내릴 기초 교육의 제일 첫 번째 단계이자 현장이다. 아이에게 최초의 스승은 부모이며 사회는 가정이기 때문이다.

대각선의 구도 속에서 밝고 건강한 정신으로 잘 자란 아이들, 그들이 만들어 갈 수평 세상이 궁금하다.

큰 바위 얼굴

정자에 앉아 있노라니 바람이
나를 훅 스친다. 미미한 향수 냄새가 풍긴다는 친구의 말을 듣고 한
동안 침묵했다. 향수라곤 쓰지도 않고 선호하는 편도 아닌데 아무
래도 아침에 하고 나온 메이크업의 잔향일 것이다. 도시에서 경제
활동을 하며 사회적 존재로 살다 보니 적당한 치장이 필요한데, 친
구의 말은 마치 인공 향이라는 동의어로 들린다. 화장품도 브랜드마
다 명품의 기준이 다르니 나는 어떤 등급의 향기를 발한 것인가. 광
고업자 박웅현의 지적처럼 고가도, 명품도 아닌데 어떤 등급의 신분
이려나?

친구를 따라 영국제 포트메리온 보타닉가든 매장에 동행했다가
안면 때문에 생각지도 않은 접시 대여섯 개를 들고 나왔다. 영국 본
토 제품이냐, 중국 하청 제품이냐에 따라 흰빛과 푸른빛으로 구분

하며 등급과 가격이 다르게 책정된다니 헛웃음이 나온다.

주부라면 한 번쯤 기웃거렸을 이 제품은 1953년, 영국의 윌리엄스 엘리스가 북아일랜드의 작은 마을인 포트메리온에서 식탁 분위기를 화사한 정원 모습으로 변화시켜주고자 하는 의도로 테이블 웨어(식탁 용구)로 디자인한 접시이다. 이제 필부의 손에도 들렸으니 우쭐한 소수자들의 품위는 조만간 새로운 브랜드를 또 창조할 것이다.

조선 시대에 한 선비가 있었다. 동문수학한 벗의 회갑연에 갔다가 남루한 옷 때문에 문전에서 저지당하자 이웃에서 비단옷 한 벌을 빌려 입고 다시 찾았다. 환대를 받으며 잔칫상에 앉게 된 그는 식솔들이 차려 내오는 술과 기름진 고기를 연방 옷에 들어부었다. 주위에서 의아한 눈으로 바라보자 초대받은 놈은 내가 아니라 이 비단옷이니 옷이 대접을 받아야 한다며 너털웃음을 지은 뒤에 자리를 떴다는 내용이다.

명품으로 장식하면 내용물도 명품이 되는지. 본말이 전도된 세상에서 무엇이 명품인가.

입술이 열리는 순간 금속성의 내용이 소매 깃의 솔기처럼 삐죽거리는 반전을 대할 때면 정품 브랜드마저 카피처럼 전락한다. 근사한 양복 입고 고무신을 신은 듯한 묘한 불균형 때문이다.

소리도 메시지를 담는다. 목소리만 들어도 진위와 미추, 사람 내면에 유영하는 진선미를 가늠한다면 오버지만 이따금 사람의 눈과 입, 말씨에 귀를 기울이게 될 때가 있다. 서로 엇박자로 돌아가는 사람도 많지만, 가끔 3박이 맞는 사람을 만나면 명품을 본 듯 횡재한 기분이다.

이것이 바로 어니스트가 꿈꾸던 '큰 바위 얼굴'과의 만남이다. 주인공 어니스트가 가장 긍정적인 인물로 평가했던 시인을 만났을 때, 시인이 자신은 시처럼 살지 못하며 선과 미에 대한 믿음도 불확실한 사람이라고 고백하는 장면이 명품으로 떠오른다. 그나마 그는 자신에게마저 정직한 사람이었다. 나다니엘 호손의 『큰 바위 얼굴』에 등장하는 '개더골드' '올드 스토니 피즈' '올드 블러드 앤드 선더', 이들은 인자함이 없는 거부, 냉혈한 장군, 혓바닥만 단단한 정치가를 상징한다.

그렇다면 이 시대의 큰 바위 얼굴이라 할 만한 명품인간은 어떤 인물일까. 야성 그대로를 발하며 인자한 빛을 띤 장엄한 인물이 아닐까. 자신이 서 있는 곳에서 자신의 역할에 전력을 기울이며 솔선수범하는 일, 그것이 나와 이웃, 사회와 국가에 걸쳐 도덕적으로 합의된 가치 있는 일이고 그 가치를 위해 진지하게 노력하는 사람이 명품인간이며 가장 이상적인 얼굴일 것이다.

빛과 소리는 숨길 수 없다. 맑고 청아한 청자의 기품처럼 이 시대 진선미의 잣대가 되는 큰 바위 얼굴들의 명품 출현을 기대한다.

바늘도 아프다

휘어진 바늘을 바라보다가 오전
을 다 보냈다. 구멍 난 양말을 꿰매려다 그만 바늘에 왼쪽 검지가 찔
렸다. 얼마나 깊게 찔렸는지 앵두 같은 핏방울이 바늘을 타고 뚝뚝
떨어진다. 손톱 끝에서 심장 뛰는 듯 통증이 시작되는가 싶더니 금
세 봉긋하게 붓는다. 카톡을 확인하려고 몸을 옆으로 살짝 튼 사이
에 벌어진 일이다.

얼마나 대차게 찔렸는지 바늘 끝도 살짝 휘었다. 훑쳐야 할 자리
에 엉뚱한 것이 들어오니 공격할 수밖에 없었던 모양이다. 바늘도
유정물(有情物)이라면 그 방어한 힘만큼 아팠을 것이고 찌른 만큼 상
처 난 몸으로 휘청거렸을 것이다.

대체로 가시 있는 나무는 독이 없다. 찔레꽃, 아까시나무, 가시오
가피, 두릅, 손바닥 선인장, 산뽕나무 등 대부분 가시가 있는 나무

는 그 잎이나 꽃을 식용으로 쓸 수 있다. 그리고 보면 가시는 자기를 보호하려는 약자들의 표현이며 위험한 환경과 위기로부터 방어하고자 하는 수단으로써의 발톱이다. 선인장의 가시는 물 한 방울 나지 않는 사막에서 진화한 흔적이다. 가시는 수분과 에너지를 적게 쓰는 방편과 다른 동물들의 공격으로부터 몸을 방어하려는 과정에서 잎이 가시로 진화한 것이다.

우리가 사는 세상도 그렇다. 살면서 누군가의 가시에 찔렸다면 자신을 돌아볼 일이다. 가시는 모두가 주체로서의 나만 주장하고 또 다른 나들인 너를 인정하지 않을 때 드러내는 표현이다. 나라는 낱말은 너라는 상대성과 함께 호흡한다. 수많은 너도 초점의 각도를 바꾸면 그 자체로 나가 된다. 이를 무시하고 우열로 평가할 때, 약자들은 생존을 위한 가시를 만들고 날카로운 발톱을 세울 것이다.

이 세상은 별 숫자만큼이나 다양한 존재들이 엉켜 사는 공간이다. 서로가 상대를 무시한 채 주연만 하겠다고 아우성친다면 세상은 가시와 독을 지닌 것들로 붉은 수수밭을 이룰 것이다. 핏물에 물든 바늘을 보니 가시를 지닌 존재들이 떠오른다. "만약 당신의 주위에 악마가 있다면 그 근처에 떨어진 바늘을 찾으면 된다. 그 바늘은 당신이 그를 찔러서 악마로 만든 원인이다."고 주장한 철학자의 말은 상태를 빚은 원인을 추적하게 한다.

원인 없는 결과는 없다. 그 행동 이면엔 그럴 수밖에 없었던 극한의 상처와 아픔이 있을 것이다. 이 세상의 모든 사람을 가해자와 피해자, 악인과 선인이라는 이분법으로 구분하지 말고 좀 더 폭넓게 이해하려는 노력이 필요하다.

찌르지 않고도 둥글게 돌아가는 세상이라면 얼마나 좋겠는가. 그래도 수많은 가시와 바늘의 고통스러운 찌름과 절규가 있기에 오늘날 이만큼이라도 아름다운 세상을 만들 수 있었을 것이다. 바늘이라고 다 네거티브는 아니다. 구멍 난 거리와 남루를 꿰매는 고행으로 상처 난 곳을 훑고 간 자리에는 바늘의 푸른 비명도 올올히 박혀있다. 틈과 사이를 이어가며 과거를 현재로 옮기는 그런 역할에서 바늘도 때로는 상처를 받고 찌른 만큼 온몸이 아프다.

전화위복이다. 시간이 흐르면서 더부룩하고 불편했던 속이 점점 편해진다. 그러고 보면 아프지 않고 태어나는 것들은 없다. 따갑게 찔린 만큼 붉은 빛깔을 물들이고, 그렇게 아파서 절규한 것들로 세상은 눈부시다.

요양의 젓가락

짝, 단짝은 참 정겨운 말이다. 내 스마트폰에 저장된 첫 번째 전화번호를 누르면 '짝'이라고 뜬다. 삼십 년 가까이 함께 살아온 남편이다. 그런데 얼마 전 스마트폰에 저장된 다른 이들의 카톡 창을 살펴보다 심장이 쿵쿵했다. 두 달 전 금산 하늘물빛정원에서 그녀와 함께 찍은 사진 때문이다. 여고 동창생인 그녀와 나는 서로 하는 일이나 취미가 달라서 이따금 생각날 때 '카톡'으로 '보고 싶다. 밥 먹자'고 표현하는 단순한 관계다. 분기별로 만나는 사이인 것이다. 그러고 보니 항상 계절이 바뀔 무렵 우리는 만났다. 그녀는 남자들 사이에서 튼튼한 중소기업을 이끄는 유망한 사업가다. 외모는 연예인 최명길과 비슷한 가냘픈 이미지이지만, 사업에선 아주 뚝심 센 여걸 춘향이다. 큰살림하느라 만나는 사람이 수없이 많을 텐데도 그녀의 카톡 창 가득 나와 함께 찍은 사진이 덩

그러니 올라있다.

누군가에게 짝으로 인정받는다는 것은 참 행복한 일이다. 룸메이트인 남편 말고도 서너 명의 이미지가 파노라마처럼 흐른다. 학교 동창, 문학단체, 직장, 교회, 고향 등 가까이 지내는 짝들이다. 이들은 태극처럼 음양으로 흐르며 함께 인생의 사계절을 운영하는 수레이다. 그야말로 젓가락 같은 짝들이다.

젓가락질은 참 정겨운 표현이다. 사실 양식 요리사인 선친의 영향으로 어려서부터 포크 사용이 익숙했던 나는 아직도 젓가락질을 잘하지 못한다. 결혼 전 첫 미팅에서 단무지를 집다가 젓가락질이 어긋나 상대방 얼굴로 튕긴 트라우마가 있다. 그 이후 조심스러운 자리에선 어설픈 젓가락질 때문에 가까운 반찬만 집는다. 남편은 식사 때마다 길이를 맞춰가며 또닥거리는 내 모습이 재미있는지 키득거린다. 어쨌든 지금은 꼬인 젓가락으로도 식사를 잘하니 우수한 젓가락 문화유전자를 물려받았기 때문일까.

얼마 전 '젓가락이 우리에게 들려주는 한국인 이야기'라는 이어령 박사의 『젓가락의 문화유전자』를 읽었다. 젓가락질을 잘하지 못하는 나로서는 젓가락질 같은 섬세한 활동이 뇌 활동을 자극하여 우리나라가 IC 산업 최강국에 이르렀다는 그의 주장에 관심이 갔다. 청주는 현존하는 최고 금속 활자본 직지를 비롯해 금속 문화, 청동 문화가 크게 발달한 곳이다. 청주 일원에서 출토한 금속 수저 유물은 현재 국립청주박물관에 소장돼 있다. 저자는 젓가락이 짝의 문화, 정의 문화, 음양의 문화, 나눔의 문화, 음식을 받드는 사람들의 문화인 동시에 뇌 활동을 자극하는 고차원적인 문화라고 해석한다. 젓가락질에 대한 유럽인들의 관심도 날로 뜨겁다고 하니 고급 문화를 지닌 국가적 자긍심이 크다. 유럽은 한국의 젓가락과 숟가락을 수입하여 두뇌 발달 교육 콘텐츠로 응용하고 병원 쪽도 젓가락을 뇌 손상을 입은 환자들의 재활 치료법으로 활용한다니 감동이다. 젓가락의 효용성이 새롭게 감정받는 것 같아 뿌듯하다.

제각기 열심히 살다가 만나서 편하게 밥 먹는 일, 함께 젓가락질하는 일은 단순히 밥을 먹는 일만은 아닐 것이다. 그 일은 짝과 함께 정을 나누는 일, 음양으로 순환하는 일이다. 선선한 가을바람에 옷깃을 여밀 무렵 뇌리를 스치는 짝들에게 "가을 들녘이 참 풍요롭다. 우리 같이 밥 먹자."는 카톡을 넣어야겠다.

감성 밥상 초대

"선생님, 내일 우리 집으로 점심 드시러 오실래요? 맛있는 우동 한 그릇 말아 드릴게요."

집으로 식사하러 오라는 그 말이 너무 생경해서 여러 번 다시 문자를 확인했다. 문자를 보내온 이가 돈독한 사이도 아니고 단지 몇 해 전 인문학 강좌에서 잠깐 인연을 맺은 정도의 안면이기 때문이다. 오후부터 방과 후 수업을 시작하는 터라 될 수 있는 대로 약속을 하지 않는데, 이번에는 어렵겠다는 말을 할 수가 없어서 오후 사정을 고려하여 이른 점심을 제의했다.

이튿날, 치즈 케이크 하나 간단히 들고 찾아간 집, 반쯤 열어둔 현관문을 빠끔히 열고 들어가니 거실 중앙에 긴 식탁이 놓여 있다. 잔잔한 들꽃이 디스플레이 된 사이사이로 예술 작품처럼 정갈한 음식들이 즐비하다. 인기척을 느낀 그녀가 알프스 소녀 하이디처럼 하얀 에이프런과 머릿수건을 두른 채 달려 나와 반갑게 맞는다.

구리 료헤이의 장편소설 「우동 한 그릇」을 떠올리며 부담 없이 들어섰는데 럭셔리한 테이블에 메인 같은 애피타이저가 황금 밥상을 이룬다. 순간적으로 공간을 이동하여 영화 장면으로 들어온 듯한 황홀경에 그만 현관에서 부동 상태로 서 있었다.

이 세상에 하나뿐인 그녀만의 식탁이다. 직접 텃밭에 재배한 유기농 음식 재료들로 만든 상차림이다. 잔잔한 꽃잎과 양송이로 만든 샐러드, 꽃 모양 김밥, 단 호박 조림, 직접 구운 통밀빵과 소스, 맑은 조개탕, 오랜 시간 육수를 우려 만든 시원한 우동…

잘 꾸며진 상차림을 흩뜨릴 수 없어 수저로 헤젓기 힘들었지만 모든 음식이 입으로 들어가면서 참살로 변하는 느낌이었다. 연신 탄성을 자아내며 천상 정원에서와 같은 행복한 시간을 보냈다.

이 상차림을 위해 그녀가 오랜 시간 정성을 쏟았을 그 노고에 경의를 표하여 그 테이블의 이름을 감성 밥상이라 지었다. 시간에 쫓겨 줄 시집 한 권을 테이블에 올려놓고 아쉽지만 자리를 빠져나왔다.

살면서 손님을 집으로 초대한 일이 몇 번이나 있던가. 대개는 고작 '차 한잔' 하자는 말이나 밖에서 식사 접대가 전부이다. 음식점의 기계적인 상차림은 아무리 진수성찬이라도 늘 허기지고 배가 고프다. 상업적인 거래가 오간 음식이기 때문일 것이다.

그러고 보니 언제부터인가 돌잔치나 생일잔치도 집을 나와 음식점으로 이동하였다. "식당 음식은 먹을 건 많아도 먹은 것 같지 않다."

는 어른들의 말씀이 의미 있게 다가온다. 우거지만 넣고 설렁설렁 만든 고향 집의 어머니 표 된장찌개가 그토록 맛있는 것은 자식을 향한 어머니의 사랑과 정성이라는 재료가 듬뿍 들어있기 때문이다.

요즘 방송사마다 집밥 열풍이 한창이다. 집밥의 의미는 밥이라는 단순함에서 벗어나 정서적인 교감을 내포한다. 간단하지만 정으로 뜸 들이고 감성으로 세팅한 밥상이기 때문이다. 그렇다면 그녀는 왜 그토록 많은 음식을 장만하고도 간단히 '우동 한 그릇' 먹자고 했을까. 우동 한 그릇이라는 서민적인 음식으로 초대받는 부담을 주지 않으려는 것과 집밥이라는 편안함을 주고자 한 배려일 것이다.

언제부터인가 집으로 손님을 초대하는 일이 전설처럼 돼버렸다. "손님이 오지 않는 집에는 천사도 오지 않는다."는 사우디아라비아의 속담이 있다. 경제적인 효용성으로 손익을 산출하지만, 그 어떤 산해진미도 정이 녹아있는 집밥, 그 맛을 우려낼 수는 없다. 조만간 번개 콩나물밥이라도 지어서 감성 밥상 집밥 릴레이를 이어야겠다.

아담의 아내

부부는 갈등 관계이면서도 평생을 함께하는 존재다. 갈등이란 칡과 등나무가 서로 얽히는 것과 같이 개인이나 집단 사이의 목표나 이해관계가 달라 서로 적대시하거나 충돌하는 것을 말한다. 칡(葛)은 왼쪽으로 감기며 올라가고 등(藤)나무는 오른쪽으로 감기며 올라가면서도 서로 묶여 하나의 튼튼한 기둥을 이룬다.

가정은 신이 인간에게 만들어준 최초의 조직이며 그 중심은 부부이다. 『성경』에 나오는 에덴동산의 아담과 하와는 최초의 부부이며 태백산 골짜기 웅녀와 환웅도 우리 민족 최초의 부부이다. 잠든 아담의 갈비뼈를 취하여 하와를 만들고, 캄캄한 동굴에서 쑥과 마늘을 먹고 백일을 견딘 곰이 웅녀가 되면서 이 땅의 가정은 시작되었다. 아내는 남편에게 복종하고 남편은 아내를 사랑하며 서로 사랑하기를 힘쓰라는 명령이 전파되었지만, 아담과 하와, 환웅과 웅녀의 관계를 수직적으로 해석하는 소극적 분석을 종종 본다.

남자와 여자의 생태학적 특성은 평등이며 수평이다. 인문적 사고는 생물학적 평등을 지향하며 모든 존재를 수평적 존재로 평가한다. 이 땅에 정착한 공자적 유교주의의 이분법은 남녀 관계를 수직 관계로 평가한 결과 가부장제라는 불평등 구조를 낳았다.

오래전 한 방송국에서 어린이에게 인터뷰한 장면이 화제가 됐다. 장래 꿈을 묻는 진행자의 질문에 아이는 "엄마, 아빠와 함께 모여 사는 것"이라고 했고 가장 슬플 때는 언제냐는 질문에는 "엄마 아빠가 싸울 때"라고 했다. 가출 청소년의 가출 동기에서 큰 비중을 차지하는 것이 부모의 잦은 싸움, 불화이니 통계적으로 가정에서의 건강한 부부 역할이야말로 행복의 출발점이다. 이런 점에서 2007년에 대통령령으로 제정한 5월 21일 부부의 날은 많은 의미를 제시한다. 이날 남편은 아내에게 빨간 장미를, 아내는 남편에게 분홍 장미를 선물하며 부부 사이의 돈독을 다진다. 졸혼까지 대두되는 가정 위기의 시기에 부부의 날은 의미심장한 메시지를 남긴다.

나와 남편 사이의 기본구조도 갈등이다. 남편은 동적이고 나는 정적이다. 남편은 바다를 좋아하고 나는 산을 좋아한다. 남편은 역동적인 것을 좋아하고 나는 고요한 것을 좋아한다. 남편은 피자를 좋아하고 나는 청국장을 좋아한다. 남편은 도시를 좋아하고 나는 시골을 좋아한다. 남편은 화원의 백합을 좋아하고 나는 산야의 애기

똥풀을 좋아한다. 오늘도 남편은 2,000CC의 대형 오토바이를 타고 동호회 회원들과 출정을 했고 나는 인근 산야에서 돌나물을 뜯는다. 외양상으로는 나무와 쇠의 조합처럼 전혀 다른 커플이지만 서로 자기 삶을 주장하거나 상대를 비하하지 않는다. 각자 지닌 차이와 다름을 존중하며 지금까지 원만하게 살아간다.

부부는 서로 다른 특성을 배제하고 무조건 하나가 되는 관계가 아니다. 각자가 지닌 다양성을 존중하며 함께 수평으로 놓인 레일을 달려가는 일이 평등한 부부 사이로 잘 살아가는 길이다.

야생마처럼 돌아다니다 검게 그을린 얼굴로 배시시 들어올 남편을 위해 우유에 돌나물 넣은 생주스를 만들고 알로에 껍질을 벗겨 천연 마사지 팩을 만든다. 칡은 왼쪽으로 돌고 등나무는 오른쪽으로 돌면서도, 하나로 묶이는 일은 그냥 되지 않는다. 서로 지닌 다른 특성을 상보적인 관계로 유지하며 세상에서 가장 큰 노력을 기울여야 할 곳은 바로 가정이며 부부 사이다.

옹기는 숲이다

이천 쌀밥이 먹고 싶다는 남편을 따라 경기도 이천의 맛집을 검색하고 출발했다. 때마침 옹기축제도 있고 하니 헛걸음은 아니다 싶어 여장을 꾸렸다. 나이 들면서 고향처럼 편하게 다가오는 것 중의 하나가 옹기 질감의 투박한 질그릇이나 자연 상태의 나무로 만든 정자이다. 긴장이 절정에 다다를 때 그 앞에 서면 마음이 잔잔한 호수처럼 고요해진다.

여고 졸업반 시절, 겨울 김장을 하는 날의 일이다. 가마솥에 돼지고기를 삶느라 정신없던 어머니는 청국장을 떠서 끓이라고 하시고는 장독대와 부엌 사이를 분주히 오갔다. 안방이라는 말만 흘려듣고 벽에 매달린 흰 곰팡이 가득한 메주를 끌어내려 숟가락으로 독독 긁어 장을 끓였으니 엄청난 분량의 조미료를 써도 쓴맛이 가시질 않고 묘한 맛이 났다.

밥상 한쪽에 쌓여있는 메주 파편들을 본 동네 아주머니는 밥그릇을 엎어 가며 박장대소를 했고 그 소문은 전파를 타고 온 동네로 퍼졌다. 책으로 장을 끓이라고 하면 잘했을 텐데 청국장과 된장도 구분할 줄 모르면서 시집은 갈 수 있겠느냐며 놀림을 당했던 기억이 있다.

그렇게 아무것도 할 줄 모르는 내게 결혼한 첫해 시어머니는 신접살림 선물이라며 항아리 다섯 동이를 싣고 오셨으니 로버트 프로스트의 「가지 않은 길」을 읊조리고 입센의 『인형의 집』을 통해 '여성해방의 물꼬를 트노라.' 식의 어설픈 문학소녀의 멜로는 그 시점으로 끝이 나고 철없는 낭만주의자의 혹독한 다큐멘터리 인생 2막이 시작되었다.

결혼한 첫해부터 고추장, 된장 담그는 법과 김장배추 담는 법을 전수받고 경제활동을 병행하며 시가나 친가의 도움 없이 자급자족하고 있으니 울트라 주부 구단이라 할 만하다. 그리고 남들이 애물단지라고 여기는 장 단지에 대한 향수가 깊으니 하루속히 전원으로 나가야 할 것 같다.

식탁의 효소 열풍이 불면서 골동품으로 밀려났던 옹기가 하나둘 도심으로 들어앉는 걸 보면 우리 민족의 따뜻한 정서는 옹기에서 은근히 발현된 특성이라 할 수 있다. 어머니같이 투박하고 누이같이 수수한 정겨움이 물씬 풍기는 옹기, 옹기는 한국인의 얼이 스며있는 한국인의 상징이며 숨이다. 고향 뜰의 여유를 느끼게 하고 고즈넉한 기다림의 미도 맛보게 해서 도시민들에겐 고향을 대신하는 또 다른 이름이다.

흙내음 풍기는 고향을 떠나 척박한 도심에 살면서도 기갈 들지 않는 것은 고향과 정서적으로 연결된 옛것들이 우리 안에 부표처럼 자리하기 때문이다.

이따금 디지털 시대를 살면서도 아날로그를 꿈꾼다. 아궁이의 장작불로 지은 가마솥의 누룽지가 그리울 때면 밥을 태운다. 고향이 농·산촌인 도시민들에겐 동네 어귀를 휘감던 밥 타는 냄새와 장독에서 된장을 뜨는 어머니의 모습은 고향의 대표적인 이미지다.

삶이 휘모리장단으로 몰아들 땐 여백의 공간을 마련하여 추임새로 힘을 주는 옹기, 뜸 들지 않은 날것이나 발효되지 않은 풋것처럼 거센 전투적인 세상을 옹기 속에 쟁여 놓고 은근히 숙성시키면 장맛처럼 농익은 세상이 올까?

옹기는 디지털 시대를 살아가는 우리에게 날 것으로 다가오는 숨이다. 이천 옹기점에서 질그릇 몇 점을 싣고 돌아오는 차 안이 에덴처럼 푸르다. 인공의 페르소나를 강하게 쓰고 살아온 탓인지 가끔은 질그릇 같은 자연 속에서 사회적인 가면을 벗어놓고 본래적 자아로 숨 쉬고 싶다. 선악과를 먹기 전 에덴의 이브처럼.

칸트적인 도덕률

사람의 발길이 드문 작은 섬, 검푸른 미역이 빨래처럼 걸린 자그마한 해안 마을이 이국적인 풍경을 자아낸다. 한낮에는 은빛 햇살이 내려와 공기놀이하고 어스름 드리운 밤엔 카시오페이아, 안드로메다, 페르세우스, 큰곰자리가 머리맡에서 반짝이는 외나로도, 이곳은 문명의 바람이 덜 스민 청정한 곳이다.

스르륵 자갈을 빗고 드나드는 파도 소리를 따라 해안으로 나왔다. 끝없이 펼친 수평선 너머로 그리운 이미지가 어룽거린다. 고향 집 빨랫줄에 하늘거리던 어머니의 해진 월남치마처럼 너울대는 바다. 바다는 어머니의 품이다. 가장 낮은 곳에 있으면서도 가장 넓은 가슴으로 주변을 아우른다. 이 땅의 어머니들은 생명을 품던 궁전이 있어 죽어서도 바다가 되어 세상을 살리신다. 세상의 모든 추악

(醜惡)을 말없이 품고도 쪽빛 바다를 유지하는 건 그 안에 소금 씨를 품었기 때문이다. 그러고 보니 바다는 표리일체를 보여주는 칸트적인 도덕률을 지녔다. '밤하늘에 총총 떠 있는 별'과 '마음속 양심' 코드를 경애한 임마누엘 칸트의 도덕성이다.

해안가 평상에 앉아 먹을 것을 나누는 섬 주민들의 아름다운 인정이 눈에 띈다. 처음 보는 내게도 해맑은 웃음을 지으며 찰옥수수 한 자루를 건넨다. 오랜만에 느끼는 따뜻한 인정에 눈물이 왈칵 고인다. 얼마 전 돌아가신 어머니와 비슷한 연배이기 때문이다. 어머니는 끼니때 앞마당을 지나는 사람이 있으면 불러서 밥상을 같이 했다. 우리 동네가 담당 구역인 집배원은 나이가 나보다 서넛 위인데 누런 알루미늄 도시락에 밥만 싸 들고 다니다가 어머니가 데워준 따뜻한 국물에 허겁지겁 밥을 말아 먹곤 하였다.

힘들게 삶을 살아본 어머니들은 춥고 배고픈 이들의 마음을 읽을 줄 안다. 작은 것 하나라도 넉넉히 나누는 인심은 높은 곳에서는 발견할 수 없는 부분이다. 군 장성까지 갑질 논란으로 삭막한 바람을 일으키는 이때, 종편 방송의 〈한끼줍쇼〉 프로그램은 많은 의미를 상징한다. 느닷없는 식객을 맞이하여 이것저것 식자재를 털어 따뜻한 밥상을 차려 내는 어머니들, 그러고도 부족하다 여기는 마음에 부끄러워하며 하나라도 더 내어주고 싶어 하는 그 마음이 일반적인 시민들의 인심이며 도덕성이다.

대체로 아흔아홉을 가진 사람들에게선 발견할 수 없는 부분이다.

천국은 가난한 자들의 것이라고 했다. 이 땅에서 취한 모든 것들은 땅의 소산일 뿐이다. 제 몸조차 제 것이 아니라서 덩그러니 놓고 떠날 가벼운 운명인데 한 치 앞을 모르는 아귀다툼들이다. 역사의 수레는 가난하지만 정직한 사람들에 의해 굴러간다. 자신에게조차 엄격한 사람들, 자기 검열이 강한 사람들이 굴리는 역사인 것이다. 하나를 가진 사람들은 다른 하나를 탐내지 않는다. 가진 하나에서 반을 떼어 두 개로 만들어 내는 사람들, 그들은 그 행위조차 오른팔에 알리는 명분주의자가 아니다.

점점 물화되고 기계화하는 감각적인 이 세상에서 종교가 제구실을 다 하지 못하고, 각계의 대표로 세운 이들이 그 본분을 다하지 못하는 가운데 법망은 옻나무처럼 사람에 따라 넓어지고 좁아지는 희한한 세상이다. 그러나 칸트적인 도덕률로 사는 소금 같은 사람들이 있기에 세상은 이 정도로 굴러간다. 3%의 소금이 바다를 푸르게 하고, 하나를 둘로 나누며 진리를 말하는 갈릴레오들이 있는 한 '그래도 지구는 돌' 것이다.

그대, 무슨 꿈을 꾸시는가

바람이 일으킨 모래사막처럼 파도가 밀려왔다간 자리에 보자기처럼 모래 주름이 펼쳐진다. 흰 도화지처럼 보여 낙서하고 싶은 마음에 웅크리고 앉았다. 때마침 가리비 껍데기 하나가 파도에 밀려 발밑에 서성인다. 건져 올려서 깨끗하게 정리된 모래 위에 대었다. 그리곤 커다란 하트 안에 또박또박 내 이름을 써넣었다. 예전엔 서슴없이 가족의 이름을 쓰고 하트를 그렸지만, 이제는 그 자리의 주인공이 내가 되었다. 지금은 자신을 잘 돌보는 일이 진정으로 가족을 위한 일일지도 모른다.

화살처럼 쏟아지는 태양 아래 젊은 열기를 발산하는 청춘들의 함성이 뭉게구름을 흩뜨리는 오후, 여름 한낮의 대천 바다는 꿈꾸는 사람들로 푸른 정글이다. 옆자리의 어린 여아는 모종삽을 이용해 서너 개의 모래성을 쌓아 놓고 야무지게 다진다. 썰물 때라 그런지

제법 쌓은 모래성이 견고하다. 이따금 적나라한 몸매가 드러난 수영복 차림으로 모래사장을 오가는 미혼 남녀들의 모습도 풋풋하게 다가온다. 이두와 삼두박근 몸매를 과시하는 보디빌더들을 바라보며 해변을 걷다 보니 제법 긴 시간이 흘렀는지 해가 가오리연처럼 물속으로 늘어진다.

해변 윗자락에 위치한 나무 그늘 아래 돗자리엔 간간이 고단한 숨소리를 뱉어가며 단잠 중인 어른들의 모습이 처연하다. 중력의 영에 이끌려 낙타처럼 살아온 삶이 구름처럼 솟아오른다. 조각 손처럼 매끄럽던 남편의 손등에도 어느새 굵은 세월이 앉았다 간 흔적이 역력하다. 가족을 위해 낙타처럼 살아온 고단한 삶이 다큐멘터리처럼 펼쳐진다. 한때는 우리에게도 모래성을 쌓으며 미래를 꿈꾸던 시절, 친구들과 어깨동무하며 파도를 타던 젊음이 있었다. 그리고 모래 위에 나란히 하트를 그려 넣고 전파보다 강렬한 눈빛을 주고받던 주홍빛 연애 시절이 있었다.

미래 희망이 글을 잘 쓰는 국어교사이던 나는 학교에서 논술 강사로 활동하고, 보디빌더가 꿈인 남편은 평범한 공무원으로 살아오면서 어느새 정년에 가까운 나이가 되었다. 호기를 부리고 나가 집라인을 타고 돌아온 남편은 고됐는지 파도 소리를 타고 두 시간 째 단잠에 빠져있다. 눈동자가 흔들리는 걸 보니 아마도 꿈을 꾸는 모양이다.

'그대, 무슨 꿈을 꾸시는가? 타자로 사느라고 잊었던 사자 꿈이라도 꾸시는가? 헤밍웨이의 『노인과 바다』에 나오는 산티아고 노인이 84일 만에 멕시코만에서 잡은 6m 되는 청새치라도 낚았는가?' 머지않아 남편의 '바다'는 상어의 공격을 받는 치열한 삶의 현장이 아니라 해변을 뛰어노는 자유로운 사자의 정글이 될 것이다. 가족 때문에 낙타가 되어야 했던 비굴함을 벗어버리고 사자처럼 포효할 줄 아는 기백과 어린이 같은 순수함을 찾아 본래의 자아로 돌아갈 것이다.

정년퇴직을 두려워하는 사람들 대부분은 일의 노예로 산 까닭에 놀이할 줄을 모른다. 일이 없으면 불안하다는 말은 자유를 누릴 줄 모른다는 말과 상통한다. 정사각형 틀처럼 긴밀하게 짜인 삶 속에서 수십 년간 기계적인 로봇으로 살아왔으니 어찌 두렵지 않겠는가. 낙타처럼 자동화된 노예와 삶의 짐꾼으로 살아온 이들에게 정년은 그 야말로 자신의 주인으로 살아보는 오롯한 자신만의 본 장이다.

이 세상에서 가장 가깝고도 먼 거리인 부부, 오늘 새삼 그가 고맙다. 그 자신으로 돌아가는 길, 잃어버린 야성과 어린이성을 회복하여 자유를 찾아가는 그 여정에 흔들리지 않는 나침반이 되어주고 싶다.

태양처럼, 달처럼

나이 마흔을 기준으로 이전은 태양처럼 밝고 열정적으로 살았다면, 이후는 달처럼 맑고 은은하게 살아야 한다는 지도교수의 덕담을 받고 나오는 길에 휘영청 달이 밝다. 학부 시절 사상적으로 큰 영향을 받은 정효구 교수는 삶과 철학이 곧고 분명하여 내 글밭의 본보기이다.

우주와 대자연을 환유한 시집 『님의 말씀』과 『신월인천강지곡』을 품고 돌아오는 길, 어둠 드리운 푸른 하늘에 슈퍼문이 뜨고 하나둘 별이 차오른다. 허공은 비어있음으로 품을 수 있는 공간이다. 서로 빛과 어둠을 주고받으며 순환하는 우주의 고리처럼 서로 음양으로 흐르면서 전경과 배경으로 그리 살 순 없을까.

아파트 정원수로 한몫을 다 하는 나무에서 붉은 꽃사과 한 알이 데굴데굴 발아래로 '툭' 떨어진다. 옷깃으로 문지른 후 살짝 깨무니 제법 단맛과 신맛이 조화롭다. 후미진 자리에서도 작은 행성으로 잘 살았다는 흔적이다.

나무 벤치에 가방을 놓고 앉았다. 얼마 만에 보는 하늘인가. 어둠이라는 배경이 있어야 비로소 드러나는 존재들, 허공은 비어있지만, 결코 비어있는 것이 아니다. 온종일 아이처럼 쓰고 지우고 분주하던 하늘이 까무룩 잠들 무렵이면 비로소 '우주의 잔별들이 거스름돈처럼 손바닥에 내려앉는다(김소연, 「무슨 일이 일어난 걸까」).' 하늘을 올려다보는 이들의 가슴에 별이 뜨는 순간이다. 별이 들어와 박힌 자리만큼 삶의 무게도 저만치 뒷걸음친다.

오랜만에 문탠(Moontan) 하는 시간이 길다. 달과 지구, 태양이 일직선일 때 생긴다는 슈퍼문이 고향 집 엄마처럼 둥글게 떠오른다. 두 눈이 흔들리는 만큼 별들은 반짝이고 달빛은 출렁인다. 삶을 스쳐 간 무수한 인연이 달빛을 배경으로 파노라마를 일으킨다.

스승님의 글처럼 행여 나도 '하늘을 잃어버린 문명인, 허공을 모르는 도시인, 별들을 잃어버린 실내인' 등 완전한 직립(直立)이 덜 된 어정쩡한 인류일지도 모른다. 하늘 보는 일이 뭐가 어렵다고 땅강아지처럼 땅만 보며 살아왔는지 고개가 무겁다.

경북 영양군 수비면에 가면 밤하늘을 원형 그대로 볼 수 있는 '밤하늘 보호구역'이 있다고 한다. 그곳이 국제밤하늘협회(International Dark-sky Association, IDA)에서 아시아 쪽에 지정한 첫 번째 에덴 마을이라니 참신한 소식이다. 한 번쯤 찾아가 고철 같은 이상을 지우고 원시의 하와처럼 뛰어다니고 싶다. 삶이 빼곡한 노동이 아니라 가끔은 낭만일 수 있는 것이라면 좋겠다.

여름내 뜨거웠던 붉은 꽃사과 열매도 수은등 아래서 초롱처럼 더욱 붉다. 저마다 홀로 물들고 찬바람에 흔들리면서 오롯한 '진아(眞我)'로 회귀하는 계절, 된서리 맞아야만 붉게 익는 열매들에서 삶의 진미를 읽는다.

좋은 씨앗을 뿌리고 뜨거운 여름날의 인내를 견디며 각자가 빛나는 존재가 돼서 노현자처럼 발효하며 '참나'가 되는 가을, 하늘처럼 사계의 기로 순환하며 이기의 상을 만들지 않는 무상의 삶이 잘 사는 길이다.

구름처럼 흩어지고 물처럼 풀어질 무상한 것들에 대한 미련을 키우며 속절없이 다다른 생의 반환점, 살아간다는 것은 모래성을 쌓는 일이며 산더미 같은 욕망을 하나씩 허물어가는 여정이다. 다시 돌아가는 길은 전신이 등불인 달처럼 푸근하고 넉넉한 품을 만들면서 둥글둥글하게 가야겠다.

가벼움으로 부유해지는 가을밤엔 '디오게네스의 항아리'에서 자유롭게 달빛을 즐기는 치기 어린 낭만도 여유이다.

그날 밤, 나는 짐승이었다

상큼한 풀 향기에 마비돼 몸이 미동한다. 작은 바늘이 11시를 향하는 다랑이의 밤, 일행은 논배미 아래 실개울로 내려갔다. 앱으로 내려받은 별자리를 열어놓고 밤하늘을 올려다본다. 국자 모양의 북두칠성, 6번과 7번 별자리 간격의 다섯 배 거리에 있는 북극성, 그로부터 또 다섯 배 거리에 있는 카시오페이아 왕비 자리, 그녀의 남편 케페우스, 안드로메다 공주, 페르세우스 사위 등, 에티오피아 왕족의 별자리를 탐색하느라 눈이 바쁘다.

인간의 마을에 하나둘 불빛이 사윌 무렵, 지상의 줄어든 불빛만큼 하늘에는 고요한 별빛이 늘어간다. 동화 속 어디에서 나타났는지 애반딧불이 무리가 소리 없이 날아간다. 얼마 만에 보는 정겨움인가. 요란하지 않고도 제 몸을 통째로 반짝이는 그 작은 몸들이 사랑스럽다.

밤하늘은 큰불, 작은 불 걸어놓고 땅을 비추고, 반딧불이 온몸으로 숲을 비추는 고요한 시간이다. 빈센트 반 고흐의 눈에 머문 듯한 〈별이 빛나는 밤〉 풍경이다. 고갱과 다투고 나서 자신의 귀를 자른 사건 이후 그린 까닭에 별빛과 달빛이 일그러져 폭발할 것 같은 느낌이 검푸른 바탕 위에서 소용돌이치는 그림이다. '소쩍소쩍' '개굴개굴' '그륵~그륵' '꽥꽥' 저마다 존재를 알리는 다양한 소리로 산속의 밤은 심오한 경전이다.

야생 생물의 독경에 귀 열어 두고 누워 있는데 느닷없이 '부스럭' 소리가 난다. 머리가 쭈뼛거리고 온몸에 소름이 돋는다. 소리 쪽을 바라보니 볼트 강한 눈빛 하나가 나를 쏘아본다. 로드킬(Road Kill) 당하는 짐승들이 이런 느낌일까? 몸이 순간 마비되어 움직일 수가 없다. 평상 아래로 휴대전화기가 나뒹구는 소리만이 상태를 알릴 뿐이다. 잠시 후 혼이 빠진 사람처럼 다랑이 논길을 따라 줄행랑을 쳤다. 후다닥 소리에 놀라, 개울에서 가재를 탐구하던 일행들이 허리를 펴고 내 쪽을 바라본다. 무슨 일이냐는 무언의 몸짓을 보내지만, 막대기처럼 우두커니 있었다.

생태 환경운동가인 그들은 한참 가재가 사는 서식지를 탐구 중이다. 돌을 모아 가재들의 터전을 만드는 작업이 끝났는지 자초지종을 묻는다. 눈빛이 사나운 시커먼 짐승 한 마리가 다가왔다는 말에 모두 배꼽을 잡는다. 조금 전의 그 짐승은 연꽃 피는 다랑이 원두막 주변에 사는 어린 길고양이라는 것이다.

덩치 크고 시커멓던 존재가 그 작은 고양이었다니, 그러고 보면 개개인이 지닌 감각의 세계란 얼마나 부정확하고 신뢰할 수 없는 것인가. 일행이 드립해 온 커피 한 모금을 마신 후에야 마라톤을 달리던 가슴이 가까스로 진정되었다.

시인의 가슴에 천사가 산다고? 그날 밤, 그곳에서 나는 한 마리의 거대한 짐승이었다. 몸을 뒤집고 바르르 떠는 털두꺼비장수하늘소의 임종 앞에서, 방아벌레, 버섯벌레, 반딧불이를 관찰한다고 아무렇지도 않게 휴대전화 불빛을 휘두르고, 흙 속 생물들의 꿈틀거림도 인식하지 못하고 망아지처럼 날뛰었으니…

인공의 불빛에 놀라 기겁하던 고양이, 그 눈에 비친 나야말로 도심에서 올라온 무시무시하고 교활한 짐승이었을 것이다.

가슴을 열고 온몸으로 시를 쓰는 일, 시처럼 사는 삶이 되려면 아직도 갈 길이 멀다. 세계를 읽어내고 대상의 이름을 알아가는 일도 중요하지만, 그보다 더 중요한 것은 읽어낸 대상의 입장에서 호흡해 보는 일이다. 요란하지 않고도 온몸으로 발광(發光)하는 반딧불이처럼, 묵묵히 제 몸만큼 빛을 발하고 그림자를 만들며 벽을 두지 않는 의식이 필요하다.

발심의 발자국

'춘마곡 추갑사'

봄에는 마곡사의 꽃이 좋고, 가을에는 갑사의 단풍이 절경이라는 데 우리는 때아닌 겨울 한가운데 공주시 사곡면 태화산 동쪽 산허리에 있는 마곡사를 찾았다.

마곡사는 백제 의자왕 시절 신라의 자장이 절을 완공하고 설법할 때 사람들이 삼(麻)같이 빽빽하게 모여들었다고 해서 마곡이라는 설과 신라 무선대사가 당나라 마곡보철 선사에게 배웠기 때문에 스승을 사모하는 마음에서 마곡이라고 이름을 지었다고 하는 등의 여러 가지 설이 있다.

알싸한 바람이 목덜미를 훑는 십이월 중순, 휴일을 맞아 간단하게 여행 가방을 챙겨서 집을 나섰다. 공주 유적 답사를 목적으로 떠난 첫 번째 기행지는 마곡사이다. 백범 김구 선생이 일제 강점기에

명성황후를 시해한 일본 장교를 살해한 후 잠시 삭발하고 은신했던 곳이기도 해서 1차 목적지로 삼았다.

주차장에 자동차를 주차하고 돌아서는데 기름기 가득한 음식 냄새가 자욱하다. 그야말로 입구부터 마곡사를 위에 두고 생업을 이루는 사하촌(寺下村)이다. 문득 1936년대 보광사를 중심으로 한 김정한의 단편소설 『사하촌』이 떠오른다.

즐비한 상점을 지나 절대 저렴하지 않을 입장료를 내고 터덜터덜 마곡사 입구로 들어서는데 채소와 약초를 파는 아낙네들이 즐비하다. 동안거 백일기도 안내 현수막 맞은편에 '백범 명상길'이라는 현수막이 마주하고 있다. 종교와 자본의 묘한 관계 방정식을 보며 상념에 잠긴다.

백범은 이 길을 거닐면서 무슨 생각을 하였을까? 대의를 품고 성근 마 같은 풍파를 견딘 선조들을 회상하며 물소리를 경전 삼아 올랐을 S자 길, 신념을 지키기 어려웠던 일제 강점기, 구부러진 저쪽을 택하여 조국의 독립이라는 일심(一心)의 발자국만 남긴 김구, 그가 잠시 머물던 백범당에 이르자 선생이 좌우명으로 삼던 휴정 서산대사의 선시 「답설야중거(踏雪野中去)」 족자가 눈에 들어온다.

눈 덮인 들판을 걸어갈 때 / 어지러이 걷지를 마라

오늘 나의 발자국은 / 뒷사람들의 이정표가 될지니

- 서산대사, 「답설야중거」 全文

그 앞에서 플래시를 터뜨리고 사진을 찍으며 무슨 문학회니 하면서 현수막을 두르고 족적을 남기느라 분주하지만, 정작 우리는 어떤 흔적을 남기며 살고 있는가. 누구 말대로 참을 수 없는 존재의 무거움으로 살자니 고통스럽고, 참을 수 없는 존재의 가벼움으로 살자니 허망할 뿐이다. 고통과 평안을 눈금 재며 내려오는 길, 가장 낮은 자세로 땅과 하나 되어 민낯과 알몸으로 살아가는 빡빡머리 개미에게서 잃어버린 정글의 초상을 읽는다.

언제쯤 자본의 기름 냄새 가득한 세상에서 페르소나 없이 자유롭게 살아갈 수 있을까?

백범 김구 선생의 발자국을 따라 내려오는 길, 손질한 도라지를 들고 애처롭게 바라보는 아낙의 눈에 붙들려 도라지 한 봉지를 샀다. 허연 속살을 매끄럽게 드러낸 도라지에 홀려 입에 넣고 깨물었더니 쌉쓰름한 맛이 혀를 마비시키며 강하게 뇌파를 자극한다. 내용과 형식의 배반이다.

이 세상은 내용보다 형식이 거대한 가면무도회장이다. 본질과 형상을 꿰뚫는 심오한 통찰만이 진리를 찾아내며 이 땅에 바른 이정표를 세울 수 있다.

구불구불 구부러진 길을 거닐더라도 참을 수 없는 존재의 무거움으로 일심(一心)의 발자국만 남긴 백범처럼 뒷사람의 이정표가 되는 길도 이 시대의 참된 순례자로서 잘사는 길이다.

제4부

잃어버린
시간을
찾아서

인생은 '참나'를 찾아가는 긴 여정이다.
나는 누구인가, 자아 탐구의 길.

잃어버린 전설

              소사나무 숲 사이에서 사슴 한 마리가 얼굴을 내민다. 슬픔이 그렁그렁한 얼굴에서 고독과 애수가 읽힌다. 아마도 들풀 탐사 일행 대부분은 일제 강점기 우리 민족의 슬픔을 형상화한 노천명 시인의 「사슴」을 기억해낼 것이다.

    모가지가 길어서 슬픈 짐승이여

    언제나 점잖은 편 말이 없구나

    관이 향기로운 너는

    무척 높은 족속이었나 보다

    물속의 제 그림자를 들여다보고

    잃었던 전설을 생각해 내고는

어찌할 수 없는 향수에

슬픈 모가지를 하고 먼 데 산을 바라본다

- 노천명, 「사슴」 全文

굴업도의 해무가 몽환적으로 흐르는 개머리 능선에서 먼 바다를 내려다보던 사슴 한 마리. 주객이 전도된 자리에서 우리 쪽을 바라보는 사슴의 고독한 눈 우물이 깊다. 본래 이곳은 저들의 낙원이었지만, 하나둘 인간의 문명에 밀려 마지막 남은 이곳에 터전을 잡았을 것이다. 본래적인 풍경인데 생뚱맞게 느껴지는 이유는 무엇일까.

헛바람 쐬는 일을 좋아하여 친구를 따라나선 이번 생태 여행은 개인적으로는 탈인간 여행이다. 안도현의 시에 나오는 쑥부쟁이와 구절초도 구별하지 못하는 「무식한 놈」에 들지 않으려고 기회가 오면 동행한다. 생태계의 보고 굴업도에서 동식물과 동화된 1박 2일은 '잃었던 전설' 원시의 세계에서 자연인으로 산 진초록의 시간이다. 해안가 순비기 군락 사이에서 발견한 박각시 애벌레, 마주치면 싱겁게 웃으며 달아나는 달랑게, 거인의 엄지손가락만 한 풀무치, 덕물산 중턱에서 만난 콩중이와 팥중이, 주홍빛 현란한 매미나방 애벌레, 적막을 깨는 소요산매미, 검정 망태 뒤집어쓰고 한유하게 오가는 거저리, 땅속에서 일사불란하게 올라오는 담흑부전나비, 서로 공생을 이루며 사랑스럽게 노니는 숲은 그 자체로 경전이다.

『동·식물 도감』을 대조하며 보물 찾듯 환호하는 들풀 탐사대의 해맑은 얼굴은 유년의 뜰에서 보았던 낯익은 고향 동무의 모습들이다. 각처에서 모인 서른 명의 들풀 탐사대, 생태전문가들의 이구동성을 귀에 담느라 큰 천남성 잎사귀처럼 촉수를 곤추세웠던 이틀, 조흰뱀눈나비 꿈처럼 날아오르는 고즈넉한 숲에서 구름을 베고 누운 장자처럼 소요유(逍遙遊)한 시간도 이제 꿈처럼 아련한 '전설'이다.

원시의 자연을 들여다보면 어쩌면 문명의 인간사회보다 더 진화하고 조화로운 곳이다. 환경에 동화할 줄 알고 필요한 양분만큼 교환하며 공생 관계를 이루는 그 세계야말로 이 시대가 따라야 할 법도이다. 그에 비해 인간이 사는 문명사회는 서로 겉돌며 욕망한 만큼 몸살 앓는 곳이다. 올빼미처럼 눈을 부릅뜨고 살다가도 아주 가끔은 자문한다. 정말 무엇 때문에 이 세상에 와서 숨 가쁘게 살고 있느냐고.

온몸 전체에 피톤치드 가득한 초록으로 채우고 식물성 감성으로 돌아갈 배에 오르는데 개머리 능선 쪽에서 분주한 움직임이 포착된다. 모두가 빠져나간 능선에서 사슴의 무리가 한동안 우리 쪽을 바라보다 떼를 지어 내달린다. 묘한 기분이다. 슬프고 애수 어린 것은 사슴이 아니라 인간이다. 자신을 사슴과 동일시한 노천명 시인의 슬픈 자화상은 도시 문명에서 전사처럼 살아가는 우리의 모습이다. 인간의 잃어버린 전설 '향기로운 관'을 조롱이라도 하는지 오랫동안 멀뚱멀뚱 바라보던 사슴, 사슴의 초점에 잡힌 피사체로서의 인간의 모습은 어떠할지 궁금하다.

잃어버린 시간을 찾아서

　　　　한때 논술 문제로 '빠름과 느림 중 어느 것이 더 좋은가'를 다룬 적이 있다. 제시문으로 고은의 「그 꽃」과 나태주의 「풀꽃」을 제시하고 빠른 것은 선이고 느린 것은 악인가를 분석하는 문제이다. 학생들은 달팽이처럼 느릿느릿 걸어가야 보이는 것들도 있으니 느리다고 해서 죄다 나쁜 것은 아니라는 결론을 내렸다.

　빠름의 미학에 반하여 느림의 미학이 향수처럼 거론되고 있는 이때, 평소 알고 지내던 문우들과 잃어버린 시간을 찾아서 아날로그 여행을 기획했다. 젊은 날의 추억이 그리워 달걀도 삶고 오징어도 구워 배낭에 넣었다. 여고 시절 수학여행을 떠나는 기분으로 조치원역에 도착하니 벌써 일행들이 도착해 있었다. 밤 12시 부산행 무궁화호 기차를 타고 동트지 않은 새벽녘 부산역에 도착하여 제각기

준비한 간식으로 긴 시간의 피로를 풀면서 부산 기행을 기획했다.

태종대를 출발하여 해안가 이기대를 세 시간 정도 도보하여 자갈치 시장에 도착해 회를 먹고 다시 6.25 전쟁 당시 피난처였던 감천 마을에 도착하여 우리 슬픈 역사를 체험한 후 국제시장에 들러 이 것저것 구경하는 것으로 피곤하지만 알찬 일정을 마쳤다. 대중 교통 수단을 이용하고 걸어 다니는 곳이 많아서 다소 힘들었지만, 살면서 놓친 부분들을 자세히 돌아본 하루였다.

이기대 해안을 따라 생태 식물에 관한 공부를 곁들이며 서너 시간 정도의 긴 도보여행 코스 동안 문우 중에 식물과 동물도감을 꿰고 있는 생태 전문가가 있어서 해 지는 줄 몰랐다. 물봉선, 하늘타리, 계요등, 천선과나무, 댕댕이덩굴, 왕모시풀, 말오줌대, 갈고리밤나방 애벌레, 열두점박이별잎벌레….

오류도가 보이는 대끼리데이에 도착하여 땀범벅으로 민낯이 된 서로의 얼굴들을 바라보며 웃음꽃을 피운 후, 수암골을 연상케 하는 감천 문화 마을로 향했다. 6.25 전쟁을 상기시키는 감천 문화 마을, 다닥다닥 개미굴처럼 이어있는 피난지를 구석구석 돌아보며 가슴을 쓸었다. 지구상에서 유일하게 분단된 한반도, 세계화 시대에 아직도 동족끼리 총을 겨누며 집안싸움을 하고 있으니 서글픈 노릇이다. 기념사진을 찍기 위해 생텍쥐페리의 어린 왕자와 여우상 앞에서 장사진을 이루는 청소년들, 그들에게 1950년대 한국전쟁은 윤흥길의 소설 『기억 속의 들꽃』처럼 아련한 일이다. 수많은 들꽃 '명선이'를 만들어냈던 동족상잔의 비극, 성냥갑만 한 집과 손바닥만 한 현관문, 한 사람이 간신히 지나다닐 수 있는 비좁은 골목, 그 중간 중간 놓여있는 파란색 물탱크와 작은 연탄창고, 그 사이로 쥐바라 숭꽃처럼 떨어진 들꽃 소녀 명선이 환영처럼 오간다.

감천 마을을 벗어나 다시 국제시장으로 이동하는 길목에서 신 시인이 길바닥에 떨어진 십 원짜리 동전을 물끄러미 바라보다 줍는다. 그리고 한동안 감천 마을을 말없이 되돌아본다.

느림은 기억의 강도와 정비례하지만, 빠름은 망각의 강도와 정비례한다. 대중교통을 이용해 거닐면서 고은 시인의 '그 꽃'을 아주 사랑스럽게 만났다.

  내려갈 때 보았네 / 올라갈 때 보지 못한 / 그 꽃

- 고은, 「그 꽃」全文

무박 2일, 7인의 문우들과 함께한 부산 기행은 잃어버린 시간을 되찾은 황금 여행이다. 과속하는 시곗바늘을 붙잡아 두고 하루를 48시간으로 만들어 쓴 아날로그 여행, 비록 발바닥에 물집 잡히고 바닷가 독한 모기에 온몸이 벌집투성이지만, 아름답게 익어가는 중년의 멋진 날로 추억될 것이다.

과속하지 않는 영혼과 흙내 나는 식물성 감성으로 살면서, 달팽이의 시선으로 느리게 보았던 '그 꽃'들이 다시 손짓하는 날, 바랑 짊어지고 기차역으로 달려가리라.

몸이 말하는 소리에 무릎 꿇고

"봄이 오는 소리 들리니? 가지마다 입봉 맺혔는데, 우리 봄 마중 나갈까?" 이불을 두 채나 뒤집어 쓰고 끙끙 앓고 있는데 여고 선배한테 카톡이 들어온다. 각자 열심히 제 일하며 살다가도 문득 보고 싶으면 누가 먼저라 할 것 없이 카톡을 넣고 웬만하면 만남을 약속한다.

한정식 가득한 상차림을 눈앞에 두고도 돌솥 숭늉만 떠먹는데 억지로라도 먹으라며 이것저것 앞 접시로 옮겨 준다. 밥상을 같이한 선배를 생각해서 꾸역꾸역 몇 숟가락을 들었다. 요즘 두 달간 지속된 몸살로 몸도, 마음도 만신창이다. 몸이 호통치는 소리에 놀라 무릎 꿇고 등한시했던 몸의 채찍을 엄숙히 맞는 중이다.

간단한 식사를 마치고 햇볕을 쬐러 산림공원으로 오르는데 선배가 질문한다.

"자기는 나무와 집을 그리라면 뭘 먼저 그릴 것 같아?"

"집을 그린 후에 집에 맞게 나무를 배치하지."

선배는 예상했던 답을 들어서인지 피식 웃는다. 그림에서 집은 가족이고 나무는 자신인데 그만큼 내가 평상시 가족과 다른 사람을 위해 자신을 혹사하며 살고 있노라 질책했다. 그래서 이젠 몸이 자신을 돌보라며 신호를 보내는 중이니 몸이 말하는 소리를 엄숙히 들어야 한다는 것이다. 나를 사랑하는 일이 잘돼야 가족과 남도 잘 사랑하게 된다고 했다.

선배는 대학에서 〈작문과 표현〉이라는 과목을 강의 중이다. 우리는 대학원 같은 과 동기생으로 만학의 불타는 향학열을 보였던 타칭 학구파들이다. 만나면 화제가 늘 교육 이야기며 책 이야기다. 요즘 소통이 화두인데 소통 중에서 가장 큰 소통이 무엇이냐고 묻는다. '자신과의 소통'이라고 말해놓고 이율배반적인 나 자신을 발견한다. 선배는 "아하, 그렇구나!" 아들러의 공감 요법을 이용해 나를 치료하는 중이었다.

그야말로 생의 한가운데서 나 자신을 돌아보는 시간이다. 참 잘 살아왔노라고 자위했는데 몸이 그게 아니니 잘 살지만은 않은 것 같다. 시가지가 보이는 밭 한가운데 냉이가 보여서 흙 위에 그대로 주저앉았다. 콩 꼬투리를 잘라 쏙 하고 올라온 냉이를 캤다. 손에 감기는 흙과 냉이 향이 상처 난 몸속으로 파고든다.

내친김에 일어나 양팔을 벌리고 가슴을 편 후, 큰소리로 외쳤다.

"이젠 내면아이가 말하는 소리를 들어 봐. 몸이 말하고 있잖니, 널 사랑해 달라고!"

선배는 냉이를 다듬으면서 그 상태로 코로 숨을 네 번 들이쉰 다음 입으로 다섯 번 내쉬라고 주문했다. 몇 번 연거푸 하는 과정에서 새로운 공기와 생각이 봄의 싹처럼 몸 안 구석구석으로 날아든다.

나와의 소통으로 새롭게 포맷하고 내려와 카페에서 진한 아메리카노 한 잔씩을 마셨다. 선배는 커피잔을 마주 붙이더니 무엇이 연상되느냐고 묻는다. 전경과 배경의 모양이 나타나는 「루빈의 컵」이다. 전경으로 보느냐 배경으로 보느냐에 따라 유리잔과 남녀의 키스 장면으로 보이는 심리 그림이다.

지금까지 가족과 사회에서 가르치는 일에 목숨 바치듯 철저한 배경으로 살았다면 이제는 자신을 앞으로 내세우고 전경으로 살아보라며 자신의 무릎 위에 두 손을 올려놓고 꼭꼭 주물러 준다. 쭉 솟은 저 소나무처럼. 내 안의 소리를 들으며 오롯한 자신으로 자유롭게 솟아 보라고. 생의 한가운데서 새삼 소중한 것을 발견하는 순간이다.

이 몸도 내 것이 아니라네

　　　　　　　　　느티나무 앙상한 가지에 저녁
해가 걸려 있다. 깡마른 뼈대처럼 맨몸 그대로 허옇게 드러낸 가지
위에 나그네처럼 까치 한 마리가 앉아서 쉬고 있고 그 아래에는 헐
거운 마음으로 멀리 대청댐 물비늘을 훑는 여인이 있다. 칼바람이
귓불을 스치지만, 물리적 추위엔 아랑곳하지 않는다.

　삼삼오오 몰려다니며 셀카 놀이에 빠진 청소년들, 커피 한 잔을 사
이에 두고 눈빛을 나누는 커플들, 아이 뒤를 졸졸 따르는 젊은 부모
들, 우리가 걸어온 인생이 퍼즐처럼 한 자리에 펼쳐있다. 문득 티치
아노의 〈인생 세 시기의 우의화〉 그림이 연상돼 피식 웃음이 샌다.

　숲속 한 공간에 알몸의 아기들이 서로 엉켜 눈감고 잠든 장면, 젊
은 남녀가 피리를 불며 사랑스러운 눈빛을 나누는 장면, 모든 것을
내려놓은 백발 성성한 노인이 양손에 해골을 들고 상념에 잠긴 장면

이 삼각형 구조로 이어지는 그림이다. 놀다가 피곤하면 잠자는 갓난아기 때는 인간의 본능적 욕망만이 있는 가장 순수한 상태이다. 청년기는 욕망을 꿈꾸며 경주마처럼 달리는 시기, 중년기는 현실에서 획득한 것들이란 영원히 소유할 수 없는 것들임을 깨닫는 시기, 노년기는 자신의 몸마저 자기 것이 아니라 놓고 갈 운명임을 깨닫는 대자(大子)의 시기임을 의미한다.

갱년기는 대개 마흔 살에서 쉰 살 사이에 신체 기능이 저하되면서 나타나는 현상이라지만, 단순히 물리적인 신체만을 갖고 그 시기를 정의하는 것은 다소 지엽적이다.

개미처럼 일하느라 허리 한 번 못 펴고 밤하늘의 무수한 별을 세며 살아온 생의 반환점, 한숨 돌리니 자식들은 품을 떠나 제 갈 길을 가고 불현듯 주름진 얼굴과 삐걱거리는 몸을 한 낯선 타자 같은 자아가 보이니 놀랍지 아니한가.

갱년기는 욕망한 것들에 눌린 자신의 영혼과 육신이 탈골하는 시기이며 세상에서 키워놓은 욕망의 불꽃을 지키느라 내가 나로 살지 못해서 삐걱거리는 통증이기도 하다. 모래성이 될 욕망을 불리느라 기지개 한 번 펴지 못하고 베짱이처럼 놀이할 줄 모르고 달려온 나도 복병처럼 갱년기를 만났다. 하인리히 법칙처럼 몇 차례의 경고음이 있었지만, 대수롭지 않게 여겼다.

신앙이 있고 학교에서 논술과 글쓰기를 가르치며, 문단 활동으로 누구보다 바쁘고 행복하게 살아간다고 생각했는데 중년에 이렇듯 심한 전쟁을 치를 줄 미처 몰랐다. 불면증, 편두통, 우울증, 죽음에 대한 공포, 공황장애, 시도 때도 없이 찾아드는 갱년기 몸살, 육신이 정신을 지배하는지 사고가 황폐해지면서 날카롭게 돌변하고 예측 불허의 감정들이 들쑥날쑥 파도를 쳤다.

『동의보감』을 참고로 자연 식이요법과 산책을 병행하고 틈나는 대로 스트레칭을 하며 다스려온 일 년, 지금은 인생에서 가장 행복한 시간을 보내는 중이다. 몸에 화가 되는 음식은 자제하고 직접 만든 수제 음식을 섭취하며 하루에도 몇 번씩 우엉 차, 구절초 차, 라벤더 차를 번갈아 마시면서 자가 치유에 힘썼다. 저녁 식사 후 진하게 달인 백하수오 한 잔과 취침 두 시간 전에 마신 미지근한 우유 한 잔의 효과일까. 벼랑 끝에서 발견한 일상들이 새롭다. 햇빛 아래서 숨 쉬는 이 시간도, 스르르 잠자리에 드는 그 시간도 감사하다.

빌딩의 크기만큼 그 그림자도 크듯이, 욕망한 깊이만큼 불행도 깊다. 지금은 세속의 부질없는 욕망을 내려놓고 헐겁게 비워가는 중이다. 이 몸조차 내 것이 아니라서 놓고 갈 것들 아닌가.

아무것도 놓치지 말자

　　　　　　　무심천 꽃술 마시러 가자. 가장
깨끗한 마음의 빈 잔 하나 챙겨 들고….

　황무지를 뚫고 피어난 춘 사월의 벚꽃을 보기 위해 트레이닝복으
로 갈아입고 30분 정도 걸어서 무심천에 도착했다. 이른 퇴근 시간
인데도 많은 시민이 벚꽃 잔치에 초대되었다. 어깨를 포근히 감싼
채 걷는 연인들, 참새처럼 재잘거리며 브이 자로 카메라 앞에서 포
즈를 취하는 여고생들, 그들의 모습을 따라가노라니 입가에 미소가
팝콘처럼 퍼진다. 그냥 있어도 취할 것 같은 화사한 풍경에 두 눈 가
득 취기가 오른다.

　무심천의 벚꽃은 가난한 사람들 때문에 핀다. 하얀 쌀밥을 우산
처럼 펼쳐놓고 배고픈 사람들에게 배부르게 먹고 가라고 고봉밥 차
려놓으면, 허기진 영혼들 얼굴에 벚꽃처럼 퍼지는 순백의 환희, 화사

한 벚꽃 날리는 무심천에선 가난도 밥풀처럼 뒹군다.

이 사람들을 보라. 세상에서 가장 밝고 환한 등불을 저마다의 가슴에 드리우고 활짝 핀 우정과 사랑을 다독이는 순백의 환희를, 그 아름다운 풍경에 동화되어 걷는데 천변을 따라 보행하는 한 시민의 라디오에서 낯익은 노래가 흐른다. 얼핏 보아 오십 대 초반쯤 되었음 직하다.

난 꿈이 있었죠 / 버려지고 찢겨 남루하여도 / 내 가슴 깊숙이 보물과 같이 간직했던 꿈

가수 인순이의 〈거위의 꿈〉이다. 갑자기 가슴이 뭉클하며 파노라마를 일으킨다.

지난 3월 초, 몸도 마음도 심한 겨울을 앓을 때 가까운 문인 친구가 십만 원에 가까운 인순이 콘서트 티켓 두 장을 구매해서 공연 관람을 주선했다. 공연 내내 표정을 살피며 간간이 손을 잡아주던 친구, 귀한 자리를 마련해 준 그녀를 위해서라도 수동적인 관람객이 될 수는 없었다. 마음을 동여맨 두툼한 갑옷을 벗고 공연 속으로 몰입했다.

나는 여고 시절에 그 흔한 탈선 한 번 못해본 아쉬움이 있다. 머리에 땜빵 있는 남학생들과 한 번 어울려 본 적이 없고, 그 유명한 고고장도 가본 적이 없으니 얼마나 건조한 삶이었는가. 학교와 부모

님이 바라는 모범생(?)이란 타이틀에서 벗어나지 않고자 했으니 인생을 능동적으로 잘산 것만은 아니다.

공연 내내 미소를 지었지만, 속으로는 뜨거운 눈물이 흘렀다. 돌이켜보니 인생에서 내가 보이지 않는다. 거위의 꿈 노래가 '아무것도 놓치지 마라'라는 동료 문인의 수필 제목과 오버랩 되면서 무대 중앙을 날아다녔다. 내가 펼치지 못한 '날개'가 눈앞에서 파닥거리고 있었다.

간주곡 틈틈이 인순이가 들려주는 여고 시절의 머슴애들 땜빵 이야기에 열광하고 첫사랑 이야기에 모두가 맞장구칠 때 끼어들 수 없는 소통 부재의 나 자신이 마치 이방인처럼 느껴지던 시간이었다. 그래서 때를 놓치지 않고 벚나무 아래 셔터를 누르며 환호하는 저들이 예쁘다. 이 넓은 우주 공간에서 단 한 사람에게 초점을 맞추고 그윽한 눈빛을 보내는 저들이 별처럼 아름답다.

언젠가 나 그 벽을 넘고서 / 저 하늘을 높이 날을 수 있어요 / 이 무거운 세상도 나를 묶을 순 없죠 / 내 삶의 끝에서 난 웃을 그 날을 함께해요

지금도 내 안에 자리한 거위의 꿈이 나만의 꿈인지 돌아본다. 사춘기보다 무서운 갱년기라지만 그 아무것도 놓치지 않을 것이다. 이제는 인생 2막의 새로운 반전을 모색할 때이다.

가끔은 아날로그가 그립다

만두소를 준비해서 편찮으신 어머니를 찾아가는 길, 고향 집 진입로 아파트 건설현장 앞에서 잠시 시선이 멈춘다. 진입로 한쪽에 자동차를 주차하고 주변을 둘러보니 낯설다. 부모를 잃은 고아처럼 두 눈에 눈물이 글썽거린다.

"학교 올 때 가마 타고 오니? 올 때 가마솥의 고소한 누룽지 좀 싸와라. 산속에 묻힌 시커먼 동네에서 가마니 쓰고 다니느라 용하다."

'가마'라는 낱말 때문에 이따금 친구들에게 들어온 놀림들이다. 가마(駕馬)는 세종대왕의 후손이 이곳을 낙향지로 정하고 들어올 때 농사짓는 사람들에게 방해될까 봐 말에 멍에를 씌웠다고 하여 멍에 가(駕)와 말 마(馬) 자의 훈을 써서 지어진 이름이다. 그러한 가마리에 어느새 따개비처럼 달라붙은 도시민들이 원주민처럼 군림하고 있으니 격세지감이다.

구부정한 허리로 논둑을 가다듬던 선친의 삽질 자리엔 스크린골 프장이 들어서고, 드나드는 차량을 피해가며 손수레 가득 폐지를 싣고 가는 친구 아버지는 많은 전답을 자식들 사업으로 다 내어주고 폐지를 모아 생계를 꾸려 가신다. 어느새 하얀 숲 이룬 백발의 노인이다.

시인에게 자연은 성전이며 고향은 종교이다. 사람은 누구나 자기가 태어난 곳의 물질 이미지를 잠재 태로 안고 살아간다. 글을 쓰는 이들의 영혼에서 풍화 작용하며 바탕이 되는 기저는 고향의 물질 이미지이다. 그래서 시를 쓰는 내내 개개비 둥지에 탁란한 뻐꾸기처럼 평생 고향 언저리를 배회하는지도 모른다.

고향은 사무치는 기다림과 그리움이 똬리처럼 자리하는 실존의 공간이다. 첫눈 같은 기다림과 풀물처럼 번지는 그리움을 탯줄처럼 이어가게 하는 정신의 자궁이다. 전쟁터 같은 도심에서 낚싯줄같이 팽팽한 겨울 추위를 견뎌야 하는 삶이지만, 시인의 가슴엔 어머니와 고향의 밥 타는 냄새가 있어서 인생의 겨울이 늘 실종된 가을과 봄 사이에 있다.

제 욕망을 감당하느라 닳아빠진 어깨가 지팡이에 의지해 뒤뚱거 리면서도 무게 잡아야 하는 인생이지만 그래도 고향마루에 오르면 유년 시절처럼 날것의 자아가 된다. 그래서 간혹 삶이 비바체로 흐르면 아날로그로 역행한다.

고향 집은 걸어가도 삼십 분 안에 있는 가까운 거리에 있다. 마당 가운데 삭정이를 주워 쌓고 불을 지피면 어머니는 양푼 가득 감자를 꺼내 들고 오신다. 그것이 모녀가 주고받는 정서의 교감이며 사랑의 암호이다.

장자처럼 소요유하는 대붕의 삶이 아니라 메추라기로 살며 좁은 새장에서 북적이는 소시민이지만 언제든 유목을 멈추고 찾아갈 수 있는 고향 집이 있어서 좋다. 시간을 맞추지 못해 대문 밖까지 진동하는 밥 타는 냄새는 어머니가 들려주는 옛날이야기처럼 정겹다. 빈 감나무 가지에서 지저귀는 참새 떼의 소요도 옆집 친구처럼 다정하다.

어머니와 단둘이 만두를 빚으며 재방송되는 어린 어머니의 시집살이 수난사를 듣는다. 만두 빚는 시간은 어머니의 한이 풀리는 시간이며 빈 우렁이가 된 어머니의 가슴에 정이 채워지는 시간이다.

작은 바늘이 과속하며 달린다. 아쉽지만 다시 도심으로 돌아갈 시간이다. 도심에서 대보름달 부푸는 소리로 허기진 사유를 채워본 사람은 안다. 사람들 사이에서 상처받고 발톱까지 울어본 사람은 안다. 부모님 계시는 고향 집의 아날로그적 공간이 배부르고 따뜻한 아랫목임을….

적색 신호등

이 횡단보도 사거리를 몇 달째 지나는 중이다. 대퇴부 골절로 대학병원에 입원하신 어머니를 살피기 위해 퇴근 전이나 퇴근 후를 이용해 적어도 하루에 한 번은 이 앞을 지난다.

적색 신호등 앞에 서 있다. 등하교하는 대학생들과 병원을 드나드는 사람들, 인근 등산로를 산행하는 등산객들로 이곳은 언제나 번잡하다. 목적지는 서로 다르지만 길을 건너는 사람들도, 달리는 자동차도 저마다 분주한 걸음이다. 그러고 보니 태어나서 지금까지 이 지역을 벗어나지 못한 것 같다. 한때는 저들처럼 책가방을 들고 이 길을 건넜고 중년이 되어선 이따금 동료들과 등산로를 오르며 깔깔거렸다.

지난해부터 입·퇴원을 반복하는 어머니 때문에 나의 『정글만리』

독서 시간이라는 녹색 불도 멈추고 어머니 중심으로 삶의 동선이 단축되었다. 삶과 죽음이라는 두 카테고리에서 살아가는 요즘, 삶의 큰 화두는 건강이다. 개미처럼 일해서 평생 모은 그 재산을 노년이 되어 돈 버느라 망가진 그 몸에 다시 쏟아붓고 있다는 현대판 개미와 베짱이 패러디는 경종이다.

우리가 켜야 할 신호등은 무슨 색인가? 열심히 활동하다가도 저적색 불처럼 잠시 멈추고 자신과 주위를 느슨하게 돌아봐야 하지 않을까. 삶의 목적은 먹는 일만이 최선은 아닐 것이다. 먹는 일 외의 더 큰 즐거움을 발견하고 그것을 자유롭게 누리는 일이다.

1970년대 출간한 리처드 바크의 우화 소설 『갈매기의 꿈』은 지금까지 많은 독자층을 형성하며 사랑받아 온 현대인의 필독서이다. 자신의 집단을 벗어나 큰 세상을 꿈꾼 조너선 리빙스턴에게 먹는 일은 중요한 것이 아니었다.

'모든 갈매기에게 중요한 것은 나는 일이 아니라 먹는 일이었다. 그러나 이 괴짜 갈매기 조너선 리빙스턴에게 중요한 일은 먹는 일보다 나는 일 그 자체였다.'는 두 줄의 문장은 아직도 뇌리에 섬광처럼 번뜩인다. 그러나 우리는 대개 생의 반 고개를 지나며 '먹는 일'에서 '나는 일'로 발돋움할 무렵이면 위기를 맞이한다.

이제 먹는 일에서 벗어나 좀 살 만하니까 몸이 고장 났다며 눈물 흘리시는 어머니, 자신에게 걸을 수 있는 다리가 한 번만 더 주어진다면 자식들 손을 잡고 산꼭대기에 올라 넓은 세상을 보고 싶다고 하신다. 자식들 먹이고 가르치느라 허리 한 번 못 펴고 개미처럼 살아오신 어머니가 그토록 보고 싶어 하는 세상은 산 아래의 드넓은 세상이다. 자식이라는 울에 갇혀 그 단순한 소망 한 번 펼치지 못한 어머니는 바로 이 세상 모든 어머니의 대표적인 모습일 것이다.

녹색 불이 들어온다. 어머니에게 드릴 양배추와 당근, 토마토와 브로콜리 등을 동량으로 넣고 삶아 믹서로 갈아 만든 해독 주스와 부드러운 밑반찬이 든 무거운 가방을 들고 길을 건너는데 몸이 휘청거린다. 어머니는 자식을 위해 평생을 이렇듯 몸 무겁게 살아오셨을 것이다. 길 건너 땅콩 빵을 굽는 한 어머니의 모습을 보며 이 땅의 어머니들을 생각한다. "내가 성공을 했다면, 이는 오직 천사와 같은 어머니의 덕"이라고 한 에이브러햄 링컨의 말이 가슴을 울린다.

병든 몸이 되어서야 자식들의 직·간접적인 보살핌을 받는 어머니, 어머니가 건강하실 때 맛있는 도시락을 준비해서 자식들 손 잡고 따사로운 햇살 아래 야유회 한 번 못해 드린 회한이 남는다. 오늘도 어머니 인생에 일 분 남짓한 녹색 불을 켜 드리기 위해 이 길을 건넌다.

뻐꾸기와 어머니

공조팝처럼 퍼지는 하얀 그리움, 삶의 무게에 눌린 지친 욕망이 다리 끝에 매달려 절룩거리면 칼국숫집으로 향한다. 지긋한 노인의 얼굴에서 잃어버린 어머니를 찾아내고 구수한 칼국수 양푼에서 고향들 가득한 추억을 훑는다. 칼국수 한 그릇에 어머니를 들여놓고 고향 집을 들여오면 온몸 가득 안개처럼 피어나는 온기, 하늘 가득 어머니가 퍼진다.

어머니라는 자리는 세상에서 가장 낮은 곳에 있으면서 힘들고 고단할 때 긴장 풀고 찾아가는 만만한 품이다. 우리 영혼의 탯줄은 고향을 품은 어머니와 연결되어 있다. 어머니의 아이디는 고향이며 생물학적인 연결 너머 정신의 지주이자 존재의 근원이다.

자식은 부모의 사랑을 받으면서 자라고 부모는 자식의 원망을 들으면서 늙는다는데 이제는 그 원망을 받아 줄 부모 없는 고아가 됐다. 올봄 주말농장을 시작하면서 더 크게 다가오는 어머니의 빈자리, 가뭄으로 잘 자라지 못하는 상추와 고추, 비실거리는 호박 때문에 가슴이 탄다. 물만 주면 잘 자랄 텐데 잎이 누렇게 뜨면서 크질 못한다.

어머니도 그랬을까. 대학 가겠다고 밤늦도록 공부하는 딸내미의 방 앞에서 긴 그림자를 드리우시다 두꺼비집을 내리실 때의 그 마음이 얼마나 아프셨을까?

결혼하여 두 아이가 초등학교에 입학할 무렵, 우연히 방송국과 인연이 닿아 프리랜서로 활동하면서 공부의 중요성을 느껴서 만학을 하였다. 직장, 가정, 육아, 학업 1석 4조의 역할을 감당하며 띠동갑인 학우들과 학문을 겨루며 하루 25시의 삶을 살았다. 어머니는 딸내미가 내미는 두툼한 학위논문을 받으시곤 뼈가 녹는다며 눈물을 뚝뚝 흘리셨다.

조선 중기 대표적인 여류 시인 허난설헌이 조선의 여자로 태어난 것을 비통해했던 것처럼 여자라는 이유로 꿈을 접어야 했던 시대의 보편적 가치와 그 가난을 원망했던 날들이 있었다. 당시 주말 연속극으로 최고의 시청률을 보이던 〈아들과 딸〉이라는 드라마가 있었다. 쌍둥이 남매로 나온 아들 귀남 역의 최수종과 딸 후남 역의 김희애가 열연한 드라마다. 우리 집도 교통사고로 누워계신 아버지 대신에 대가족의 가장 역할을 하시던 어머니에게 아들은 남편을 대신할 희망이었다.

"세상에서 가장 큰 죄는 자식의 재주를 꺾는 것"이라는 철없는 소리로 어머니 가슴에 대못을 박던 그 불효를 어찌 면할까? 긴 세월 원망을 품고 살다가 지천명이 넘은 나이에 비로소 어머니의 마음을 이해할 수 있었다.

인근에서 들려오는 뻐꾸기 소리, 제 새끼를 품을 수 없어 저리 슬피 우는지, 오늘따라 구슬프게 들린다. 석 달 전 돌아가신 어머니와 동일시돼 오랫동안 귀 기울인다. 이제는 이 세상 어디에도 계시지 않는 어머니를 생각하면 가슴이 답답해져 온다.

어머니가 사시던 고향 집 화단엔 주인의 손이 멈춘 가시오가피나무만이 무성한 그늘을 만들고, 주인 잃은 세간은 점점 빛을 잃어 간다. 어머니를 잃고서야 어머니의 그 자리가 큰 자리였음을 느낀다. 어머니는 존재의 근원이고 숨이었다. 어머니와 연결된 탯줄이 끊긴 지금부터는 자가 호흡하며 삶을 살아내야 한다.

"뻐꾹~ 뻐꾹~"

뻐꾸기 소리가 마치 저승에서 자식을 품지 못해 우는 어머니의 울음처럼 들린다. 이제는 호박 숭숭 썰어 양푼 가득 담아내던 어머니표 손맛을 어디에서 찾을까. 애호박이 담을 타고 시골 인심처럼 둥글어지면 가마솥 가득 구수하게 퍼지던 칼국수, 어머니가 그립다.

여행은 나를 만나는 시간이다

연휴가 긴 어느 날, 4박 5일의 일정으로 중국 태항대협곡 여행에 올랐다. 죽마고우들과 함께하는 극기훈련 차 선택한 트레킹 코스다.

중국의 그랜드캐니언이라 불리는 태항대협곡은 중국에서 가장 아름다운 10대 협곡 중의 하나다. 몽골 초원 아래 산시성 북부에서 시작하여, 산시성과 허베이성, 허난성 경계에 남북으로 600여㎞ 동서로 250여㎞에 달하는 광활한 곳이다. 베이징, 허베이, 산시, 허난 4개의 성에 걸쳐 있으며 봉우리와 폭포, 협곡의 웅장함이 마치 미국의 그랜드캐니언을 연상케 한다. 문득 '모든 것은 제각기 아름다움을 지니고 있으나 모든 이가 그것을 볼 수는 없다'는 공자의 말이 바람에 훅 스친다.

북방의 계림이라 불리는 화룡천계산, 태항산의 축소판인 구련산,

태항산맥의 대형폭포인 천호폭포, 협곡 길이만 45㎞에 이르는 만선산, 태항산맥의 정점으로 엄동설한에도 복숭아꽃이 핀다는 도화곡(逃花谷)을 지나면 산세가 험준한 깊은 골짜기에 있는 왕상암(王相岩)에 이른다. 협곡의 절벽을 깎아 만든 계단을 따라 걸으며 천상과 이어진 듯한 벼랑의 폭포들을 만나기도 하고 도화곡에서 왕상암까지의 25㎞ 길이의 태항천로는 높이가 1,200m나 되는 절벽의 가장자리를 빵차라고 하는 전동차를 이동하며 감상하는 코스다.

때로는 엘리베이터와 수직계단, 집라인, 고공 케이블카를 이용하며 천상과 천하를 오르내리던 아찔한 곡예들이 마치 갓 입대한 군 초년병의 극기 훈련과도 같다. 모두가 "와~!" 하고 탄성을 자아낼 무렵 협곡 줄기에 불가사의한 길을 낸 뒤안길이 떠오른다. 이 길을 내기 위해 얼마나 많은 희생이 있었을까. 들리는 말에 의하면 사형수들이나 강제 징집된 무고한 사람들이 줄을 이었다고 한다. 아찔한 낭떠러지와 갓길 옆에서 온몸이 전기에 감전된 듯 소름이 돋는다.

미니전동차로 벼랑의 갓길을 달리는 동안 눈에 띈 소수민족들의 주거지가 아직도 뇌리에 아슴푸레하다. 버려진 폐가들과 주 농작물이 옥수수인 산촌, 전동차 안 우리를 향하여 싱긋 미소를 지어주던 순박한 산촌민들, 그들의 고단한 재래식 노동이 협곡처럼 구불댄다.

하루 3만 5천 보를 넘는 트레킹으로 강행군한 이번 여행은 평소 운동량이 부족한 내겐 큰 도전이었고 그 난코스를 낙오 없이 해낸 자기 극복의 시간이었다. 다른 하나는 대자연의 웅장함 앞에 일점일

획으로도 가늠할 수 없는 미미한 나 자신의 존재를 깨닫는 대오각
성의 시간이었다.

여행은 세상에서 받은 여러 명함을 내려놓고 나 자신을 찾아가는
과정이다. 자전거와 오토바이, 차들이 뒤엉킨 행렬 사이로 춘추전국
시대의 인물인 공자(孔子)상이 도심 가운데 우뚝하다. 어질면서도(仁)
도덕과 사랑하는 마음을 중요시했던 공자 때문일까. 행인들의 면면
에 드리운 미소들이 수줍은 듯 해맑다.

인생은 자기 기준과 시점으로 해석하는 오독(誤讀)의 역사이다. 산
촌민들이 바라보는 우리와 우리가 보는 산촌민들, 어쩌면 그들의 눈
엔 자본주의 사회에서 부품처럼 살아가는 우리가 직립(直立)이 덜 된
야만인으로 보일 것이다.

'여행은 실로 사람을 겸허하게 만든다. 자신이 세상에서 얼마나
작은 부분을 차지하는지 깨달을 수 있기 때문이다.'

싸바이 디

"싸바이 디(안녕하세요).", "컵 짜이 (감사합니다)."

라오스 여행 기간 내내 제일 많이 쓴 인사말이다. 라오스의 인구는 600만 명 정도이며 국민 90%가 농업에 종사한다. 전체 인구의 95%가 소승불교도이며 정치 구조는 인민 민주 공화제이다. 평균수명이 쉰 살 정도로 짧아서 열네 살이면 조기 결혼이 가능하며 보통은 스무 살 이전에 결혼한다. 자연 상태의 유휴지가 많고 보건상태는 아주 열악하며 의료시설은 전무하여 의료계의 손길이 절실하다.

여행 기간 동안 나의 뇌리에 맴돈 화두는 '문명과 야만, 해석의 각도를 어느 쪽에 두고 기준을 정할 것인가'였다. 그 나라의 평균수명은 100세 시대를 향하는 우리나라 평균수명의 절반에 그치고 병이 들면 의료기관이 없어서 그 상태로 자연사하거나 인근 태국으로 원

정치료를 떠날 수밖에 없는 실정이지만, 그들의 표정이 너무도 해맑고 온순하기 때문이다.

라오스의 수도, '달이 걸린 땅'이라는 의미의 비엔티안에서 이틀 밤을 자고 방비엥으로 간 이후의 시간부터는 그 나라의 시간처럼 아날로그로 흘렀다. 방비엥은 마치 60년대 우리나라 농·산촌의 이미지와 흡사하다. 아이를 옆에 끼고 맨발로 서서 우리 일행을 바라보는 여인들의 모습에서 남루한 가난을 읽지만, 소금에 잔뜩 염장한 물고기 한 마리를 가운데 두고 옹기종기 식사하는 모습 위로 느릿느릿 흐르는 평온함을 느낀다. 버그카를 타고 지나는 길에 시선이 마주치면 부끄러운 듯 씩 웃어주던 해맑은 사람들, 그 모습에서 바람처럼 그물에도 걸리지 않는 자유를 읽는다. 어디에도 속박되지 않는 평온한 모습이다. 무생물에도 영혼이 있다는 애니미즘적 세계관 때문일까? 자연 그대로의 모습을 유지하며 자연과 공생하듯 살아가는 그들의 삶 풍경이 잔잔히 출렁이는 물결 같다.

가끔은 아날로그 방식도 행복을 준다. 한 상 가득 차린 선상식을 먹으며 둘러본 강변 풍경, 고삐도 없이 방목한 소와 돼지의 흐느적거리는 여유로움도 푸근하다. 플래시 달린 헬멧을 쓰고 튜브에 걸터앉아 밧줄을 잡고 탐낭 동굴을 유영할 때는 장난기가 발동한 일행이 바위틈으로 밀어 넣는 바람에 목이 뻐근할 정도로 긴장했지만, 유치한 놀이가 마냥 즐겁다. 방비엥 에메랄드빛 블루 라군에서 다이빙하던 일행들의 모습에서 유년 시절 동무들의 모습이 보인다. 둘씩

짝을 지어 노을빛 드리운 하늘을 바라보며 긴 쏭강을 따라 흐르던 카야킹 체험은 한 편의 영화였다. 누가 먼저라 할 것 없이 동시에 노사연의 〈바램〉을 부르며 자연스레 하모니를 이뤘다.

> 내 손에 잡은 것이 많아서 손이 아픕니다 / 등에 짊어진 삶의 무게가 온몸을 아프게 하고 // 매일 해결해야 하는 일 때문에 내 시간도 없이 살다가 -(중략)- 나는 사막을 걷는다 해도 꽃길이라 생각할 겁니다 / 우린 늙어가는 것이 아니라 조금씩 익어가는 겁니다

> - 노사연, 〈바램〉 中

"우린 늙어가는 것이 아니라 조금씩 익어가는 겁니다." 부분에 강한 방점을 찍으며 도돌이표로 돌리던 그 시간은 오래도록 반추할 주홍빛 그림이다.

쏭강에서 느릿느릿 카약을 노 저으며 한국 노래를 불러주던 라오 청년의 미소에서 가벼운 해탈을 본다. 잠시나마 모든 짐을 내려놓고 그 삶에 편승하여 내 안의 나로 놀아본 시간, '살아 있어서 감사하다'는 말을 지등(紙燈)에 걸어 밤하늘로 띄워 보낼 때, 처음으로 내 안의 참나가 행복해하는 숨소리를 느꼈다.

바람판이 아는 대답

가을바람이 잠자는 방랑벽을 일깨운다. 내게 주어진 황금 같은 일주일을 도서관에서 보내다 전남 땅 강진으로 향했다. 평일이라 고속도로도 한산하고 하늘은 한가로운 양 떼들의 구름 목장이다.

정약용의 유배지인 다산초당으로 향하는 길, 고속도로를 벗어나자 무화과 좌판이 줄을 잇는다. 촌로의 좌판 앞에 멈춰 지인들과 나눠 먹을 생각으로 한 상자를 구매했다. 무화과는 '꽃이 없는 과일'이라는 의미지만, 실제로 꽃이 없는 것이 아니라 꽃자루 맨 끝의 불룩한 부분으로 둘러싸여 밖에서는 잘 보이지 않는 것이다. 박지원은 『열하일기』에 중국에서 처음 본 무화과를 잎은 동백 같고 열매는 탱자와 비슷하다고 기록했다.

요란하지 않으면서도 내실 가득 과육으로 채운 무화과는 마치 초야에 머물며 학문을 닦는 선비와도 같다. 있는 그대로 속을 보여주는 모양이 꼭 다산을 닮았다.

다산은 당쟁의 소용돌이 속에서도 조선 후기 실학을 집대성한 대학자로 백성에 대한 사랑이 하늘까지 닿은 목민관이다. 정조의 특명을 받은 암행어사로 활약하면서 부조리한 관리들을 벌하며 평생 백성들이 잘사는 나라만을 꿈꾼 어진 정치가이다. 한때 김영란법까지 출현할 정도로 곳곳의 부정부패가 정점을 찍는 오늘날의 세태와 비교되는 인물이다.

울퉁불퉁 힘줄이 솟은 듯한 뿌리의 길을 지나는데 쩌렁쩌렁 애매미 소리가 산맥을 튼다. 붉은 핏빛 드리운 작은 바위 계곡이 발을 잡는다. 긴 유배 생활 동안 다산이 땅에 묻은 시름과 고독의 표징이리라. 초당에 앉아 앞을 보니 사방은 산으로 둘러싸여 있고 하늘은 조각보처럼 빼곡하다. 그가 『목민심서』를 비롯하여 수백 권을 집필한 동암에 앉아 있노라니 모기떼가 극성이다. 천주교도라는 죄명으로 반대파의 표적이 되어 유배길에 오른 다산은 붕당의 희생양이다. 18년 유배 생활 동안 그의 일념은 오로지 국가와 백성들의 안위였다. 청렴하고 지혜로운 관리이며 후학들에겐 "늘 부지런하고, 부지런하고, 부지런하라."는 당부를 남겼다.

요즘같이 가치관이 혼란스럽고 자신만을 위한 비리와 부조리로 얼룩진 정치판의 세태와 견주어 보면 새삼 삼백 년 전 그가 그립다. 세금으로 징수하는 백성들의 포목이 중앙 관청으로 들어갈 때 뇌물

여하로 합격 여부를 결정하는 아전들의 부패를 막으려고 표준자를 내놓고, 생활의 지혜를 발휘한 얼음차로 그 무서운 청나라 사신을 감동하게 해서 받은 사례비까지도 고을 백성을 위한 발전기금으로 쓸 정도로 그렇게 다산은 청렴한 목민관이었다.

그런데 오늘날의 법은 누구를 위한 것이며 국가는 누구를 위해 존재하는가. 국민의 표심으로 당선된 정치인과 관복 입은 자들은 한 번쯤 떠올려볼 인물이다. 아이슬란드 대통령 귀드니 요하네슨이 딸과 함께 피자 가게 손님 행렬 가운데에서 순서를 기다리는 모습과는 너무 먼 모습이지 않은가.

밥 딜런의 노래처럼 'Blowin' in The Wind(바람만이 아는 대답)'일 것이다.

얼마나 긴 세월 흘러야, 저 산들은 바다 되나

얼마나 많은 세월이 흘러야, 사람들은 자유를 찾나

오 내 친구야 묻지를 마라, 바람만이 아는 대답을

- Bob Dylan, <Blowin' In The Wind> 中

어마어마한 책을 소 등 가득 싣고 길을 오가던 귀농이(다산의 어릴 적 이름)처럼 긴 세월 학문으로 인품을 닦고 올바르게 훈련된 제2의 정약용 같은 정치인의 출현을 기대한다.

모성의 눈물이 겨울을 녹인다

　　　　　　　　　　　　마음이 아파서 몸이 아픈 걸까.
몸이 아파서 마음이 아픈 걸까. 이야기도, 시도 될 수 없는 것들이
온몸 가득 몸살처럼 끓는다.

　한때는 숨을 누르는 환경과 제도에 회의하며 스스로를 냉기 도는
골방 속에 가두고 딸꾹질처럼 울던 때가 있었다. 원인도 모르는 고
독에 빠져 창문을 스치고 지나가는 달빛에도 눈물을 걸던 처연한
일들이 지금 생각하면 실존적 사유였을까? 언젠가는 물질로 돌아
가야 하는 유한한 존재라는 두려움과 우주 밖 시원의 무지에서 오
는 형이상학적 공포에 짓눌리던 그때가 한참 철학적 사유와 시심이
촉발하던 때였던 것 같다.

　지금은 생의 단단한 밥상을 이고 가야 할 도시의 아낙일 뿐, 무덤
가 풀씨 하나에도 철학을 걸던 젊은 날의 심지는 육체적 허기를 해

결할 밥솥에서 밥물처럼 끓어오를 뿐이다.

그동안 일용할 양식을 기도하며 아이들 키우는 아낙으로 사노라 잊었던 고정희 시인, 때마침 한 단체에서 기획한 가을 문학기행 프로그램에 그의 생가 일정이 있어 편승했다. 십여 년 전 고정희 시의 페미니즘 양상에 관한 논문을 쓰면서 한때 그의 시 세계에 함몰된 적이 있다. 삶의 멘토처럼 다가와 고답한 정신세계를 질타하던 시인의 정신을 되새기면서 책꽂이 귀퉁이에서 숨죽인 채 포복해 있던 논문과 시집들을 꺼내 읽고 발표할 답사 자료를 만들었다.

한국의 체 게바라를 떠올리는, 7, 80년대 민주 혁명 전사인 김남주와 『여성해방출사표』로 우주공동체적 수평 세상을 부르짖던 고정희 시인을 만나러 가는 길, 우리나라의 끝자락에 위치한 해남 땅, 강강술래를 연상케 하는 월출산과 천상과 지상을 연결하듯 맞닿은 백포리 줄기를 따라가면 고향 집처럼 보인다.

시인의 발자취를 따라 거니는 동안 김남주와 고정희를 닮아가는 걸 보면 환경의 중요성을 다시 한번 절감한다. 넉넉한 문인의 감성이 되는 가을은 그 풍경 자체로 시가 된다. 모두 정의의 사도가 되고 혁명 전사가 되는 듯했다. 그러고 보면 태생적 악인은 없는 것 같다.

일용할 양식을 기도하며 식구들의 밥그릇 채우기에 여념 없는 도시의 아낙이 무슨 재주로 부정과 씨름하며 거대담론을 논하던 전사들을 운운할 수 있을까. 정의를 외치며 이 땅에 불씨 하나 덩그마니 던져놓고 별똥별처럼 사라진 그들의 심지를 시밭과 행적에서 살펴는 동안 고막이 터지고 숨이 멎는 듯했다.

제대로 된 문학관 하나 없이 쓸쓸한 해남 땅에 고즈넉이 자리한 고정희 시인의 생가. 김남주 문학관 건립은 계획 중에 있지만, 고정희는 아직도 요원하다. 페미니즘 시인이라는 지배 담론에 결박되어 그 가치 또한 조명되지 못하니 안타까운 일이다.

자본의 노예로 살 수밖에 없는 사회구조에서 무슨 재주로 전기솥에 세상을 안쳐내며 포르말린 가득한 전쟁터를 뜸 들일 수 있을까. 지상의 욕심 하나 줄이면 고정희 시인이 말하는 모성의 눈물비 만들 수 있으려나.

'치~직' 소리를 내며 밥솥에서 저녁밥이 뜸 들고 있다. 아직도 우리가 사는 세상엔 살림의 밥상을 차려 고봉밥을 먹여야 할 가난한 이웃이 많다. 철갑처럼 옹골진 가난을 뚫지 못해 구두 뒷굽처럼 낡아 신음하는 노동이 묵은 빨래처럼 지천이다. 고정희 시인이 말하는 생명과 살림과 대지의 젖줄로 상징되는 모성의 눈물만이 이 땅의 지독한 겨울을 녹일 것이다.

수의(壽衣)는 주머니가 없다

　　　　　몇 년 전 프란치스코 교황이 아시아 중에서 우리나라를 첫 방문지로 꼽아 내한하였다. 가난하고 낮은 자들을 위한 행렬이다. 가시가 있는 곳이라서 이곳에 왔다는 그 방한(訪韓) 목적이 따뜻하다. 화려하지 않은 그의 행차는 범종교적인 차원에서 감동의 물결을 일으켰다.

　이 땅의 약지 못해 가난하고 착한 흥부들의 가슴은 잠시나마 화롯불에 언 가슴을 녹였다.

　종교마저 본질이 전도되고 자본주의의 속성처럼 상품화되어가는 이때, 서쪽 하늘의 개밥바라기별처럼 온후한 그의 모습은 지금도 잔상으로 가슴을 뛰게 한다.

　이가 빠진 사발들이 며칠씩 시렁 위에 엎어져 있는 흥부네 형편처럼 비상이라도 달게 먹을 가난이지만 그곳엔 우애가 있고 인정 어린 눈물이 있다. 당시 유교 이념 아래 충효와 장유유서를 익힌 양반 홍부에게는 달리 대안도 없고 정도를 지키면서 가난을 벗을 비상구를 찾기도 쉽지 않았을 것이다.

일용할 양식만 욕심내는 홍부네 삶을 통해 물질이 행복의 근원일 수는 없다는 인식이지만, 그렇다고 가난이 자랑일 수도 없을 것이다. 아니, 어쩌면 게으르고 재주가 없어서 얻은 결과로 평가할 수도 있다. 그러나 가난하더라도 비루하지 않고 정도를 지향하며 양심을 잃지 않는 삶 속에는 나름대로 무형의 행복이 있다.

오늘날 21세기 찬란한 황금 문화를 누리며 살아가는 우리는 과연 얼마만큼 행복한가. 물질의 크기만큼 행복은 비례하고 영육 간의 평안이 따라주던가. 가난이 불편한 것은 사실이나 결코 행복의 척도일 수는 없다. 서민 체험으로 세간의 주목을 받은 아랍에미리트의 억만장자 만수르 역시 가진 만큼의 또 다른 고통이 있을 것이다. 빌딩의 높이만큼 그늘이 지듯 소유의 덩치만큼 근심은 비례하기 때문이다.

무소유의 행복을 체험하고 생을 마친 법정 스님과 베풀고 나누는 기쁨을 살다 간 마더 테레사의 삶에는 무엇으로도 형언하기 어려운 자유로움이 진득한 무게로 내재할 것이다. 자본을 중심으로 끊임없이 공전하는 우리로서는 도달할 수 없는 경지이다.

부모의 재산상속 때문에 법정에 서고 부모가 아들을 고발하는 마당에 적당한 가난은 인간을 오히려 인간답게 한다. 가난한 집에서 효자 나고 가난한 집의 형제들이 우애가 돈독하다는 말은 박물관에 전시된 고전이 아니다.

소크라테스처럼 악법도 법이므로 따라야 한다는 고지식하고 융통성 없는 사람으로 평가받으며 가난한 흥부로 살지언정, 정도를 벗어날 수 없고 불법으로 축재한 놀부의 재물 앞에 비굴하게 양심을 팔 수는 없다.

돌아가는 길이 예고 없고 가벼워야 오를 수 있는 길이 하늘이라면 쇳덩이는 족쇄일 것이다. 하늘 가는 길에 입고 가는 수의(壽衣)에는 주머니가 없다. 물질과 달란트를 의미 있는 곳에 잘 사용하고 공기의 발걸음처럼 가벼운 마음으로 생을 마감하는 이는 행복하다.

우리에게 잠시 맡겨진 이 세상의 작은 재물을 촛불처럼 의미를 밝히는 일에 쓰고 가볍게 귀천하는 소풍일 수 있도록 전념해야 한다. 그래서 날마다 기도하는 것이 훗날 이승의 종지부를 찍을 때 웃음으로 마무리하는 삶이 될 수 있도록 하는 것이다.

추석을 앞두고 남편을 따라 선친의 음택 주위에 난 풀을 뽑으며 잠시 상념에 잠긴다.

천국이 마음이 가난한 자들의 것이고 어머니의 몸으로 돌아가는 길이 가벼워야 들 수 있는 곳이라면 지나친 욕심으로는 하늘의 빗장을 열지 못한다.

하늘 가는 길에 입는 수의에는 주머니가 없으므로.

한반도에 봄이 온다

　　　　　　　　　　　　'지금은 남의 땅, 빼앗긴 들에도
봄은 오는가.'

　1926년 문장지 『개벽』에 발표한 이상화의 시의 첫 행이다. 액자 시
로 걸려 있던 이상화의 이 시가 다시 봄을 맞는 중이다. 일제 강점
기 우리 민족의 상황을 '빼앗긴 들'과 '봄'으로 환유한 이 시는 내가
고교 시절 많이 암송한 시이다. 우리 민족이 주체적으로 해방하지
못한 결과는 이해타산에 얽힌 주변국의 간섭 아래 민족 분단이라는
결과를 낳았고 동족끼리 70여 년에 이르도록 무기를 겨냥하며 대치
해 왔다. 주체적이지 못한 인사들과 주변국의 내정 간섭 속에 늘 통
일은 미온적인 문제로 서성이다 사라지곤 했다.

　이제 정말 주체적인 사고 지향의 위버맨쉬들의 출현이 도래한 것
일까. 통일 문제에 냉담하던 학생들 사이의 요즘 이슈도 비핵화, 남

북 정상회담 등 통일과 관련된 이슈다. 한반도 문제를 놓고 갑론을 박하는 주변국들의 모습이 낯선지 아이들이 묻는다.

"선생님. 자주 통일이 정답이라면서요? 왜 종전(終戰) 문제와 통일 문제를 우리 민족끼리 해결 못 하는 거죠?"

오래전 한반도에서 일어난 한국전쟁이 두 민족만의 단순한 전쟁이 아니고 주변국들의 참여와 이념에 얽힌 복잡한 전쟁임을 설명하고 나니 마음이 무겁고 착잡하다. 논술 시간에 '통일은 왜 해야 할까요.' 논제로 하브루타 수업을 하는데 어느 때와 달리 교실이 들썩거린다.

아이들은 남북통일은 무엇보다 고령의 이산가족 문제 해결을 위한 시급한 사안이며 한반도 경제 발전을 위해서 꼭 필요한 문제라는 여러 가지 근거를 내놓는다. 어쨌든 정전 상태에서 드는 비용이 통일비용보다 더 큰 것은 사실이다. 남한의 우수한 기술과 북한의 풍부한 자원을 결합하고 북한을 통해 대륙으로 가는 길을 연결하면 원활한 물류 유통을 비롯해 어마어마한 경제적 부가가치도 창출할 수 있다.

모둠 조로 하브루타 토론 수업을 마친 학생들의 얼굴에 미소가 완연하다. 현실화한 통일 문제가 머리에서 가슴으로 이동하니 원고지도 속도를 내어 빼곡하다. 진지한 그 모습들이 얼마나 고요한지 침 넘기는 것도 멈춘 채 흐뭇하게 바라본다. 이전 통일 글짓기 시간과는 너무 다른 모습이다. 그동안 뜬구름 같던 통일 문제에 학생들의 참여도 시큰둥했고 늘 유월이면 학교마다 의례적으로 치르는 문화 행사로만 여겼으니 머리로만 쓰는 글이 당연히 건조했을 것이다.

어둠의 집 문이 열리고 / 긴 탁자를 벗어나 / 형제처럼 손잡고 / 오솔길 거닐다가 / 놀러 간 청기와 집 / 통일은 그렇게 온다

학생들의 얼굴에서 한반도의 봄을 읽는다. 한반도의 통일로 이 땅에 진정한 봄이 찾아오면 새로운 시대의 교육은 사막에서도 사자의 정신으로 살아가는 교육이어야 한다. 더는 다른 나라의 간섭을 받지 않는 나라, 힘 있는 나라로 서려면 교육의 주체인 학생들의 의식도 바뀌어야 하고 그런 의식을 고양하는 위버맨쉬, 긍정의 정신도 함양해야 한다. 아이들이 대하는 교과서도 편협한 단면보다는 양면 보기를 통한 다면적 사고를 표현하도록 하고 부정적 강화 교육보다는 긍정적 강화 교육을 촉진하는 내용으로 전환해야 한다. 그래서 그들이 삶의 주체적인 동력으로 살 수 있기를 바란다. 항상 자기 자신을 극복하는 존재, 자신과 세계를 긍정하는 존재, 주체적인 삶을 사는 존재, 위버맨쉬가 되는 삶이어야 한다. 한반도의 봄, 우리 의식의 봄은 그렇게 와야 한다.

문평에서 온 로빈슨

　　　　　　　　　　지난해 심어 놓고 수확하지 않
은 해바라기가 들바람에 툭 떨어진다. 날짐승들 머물다 가라고 웃
는 얼굴로 꾸며놓았는데 알맹이가 다 빠진 걸 보니 그 역할을 다 한
모양이다. 금요일 저녁이면 작은 짐을 꾸려서 농막으로 들어가는 생
활도 어느덧 일 년이 넘었다. 두 해 전, 집에서 이십 분 정도 소요되
는 거리에 작은 규모의 논을 사서 밭을 만들었다. 시골에서의 완전
정주는 어렵지만, 농작물도 직접 지어 먹고 이따금 들어가 쉴 곳이
필요했다.

　초저녁이면 어슬렁어슬렁 내려와 꽥꽥거리며 우는 고라니, 머리
위에서 반짝이는 북극성과 북두칠성, 백 미터 전방 도로를 네온사
인 켜고 달리는 동화 같은 트럭들, 마치 타임머신을 타고 원시 세계
로 들어온 느낌이다.

지난여름 농막 우물가에 세워둔 삽자루를 제집인 양 서성이며 맞서던 초록 사마귀, 푸성귀를 헹구던 함지박 밑의 왕우렁이, 고춧대 사이로 해먹처럼 거미줄을 엮어놓고 출렁이던 노란 거미, 꽃처럼 흩날리던 표범나비를 기다리며 트랙터가 갈아놓은 땅의 붉은 속살을 본다.

뽀송뽀송한 흙 위에 아이처럼 벌렁 누우니 마음이 평온하다. 천체를 보면 우리가 사는 지구라는 존재도 새롭게 다가온다. 땅속에서 '푸' 하고 마치 사람이 숨을 내쉬는 듯한 소리가 들린다. 사람이 가장 편안할 때는 흙과 가까이 있을 때란다. 죽어서 썩은 부토와 흙을 비교하면 그 성분이 97%나 일치한다니 일리 있는 말이다. 그렇다면 수많은 아버지와 수많은 어머니가 돌아간 인류 탄생의 발원지에 어떻게 침을 퉤퉤 뱉겠는가. 신성한 조상들의 몸이 아닌가.

그러고 보면 인간도 완전한 자연물이다. 미국의 제14대 대통령 프랭클린 피어스는 유럽에서 미국으로 도미하는 사람들이 늘어나자 그 지역에 사는 인디언 추장에게 땅을 팔라고 했다. 그러자 시애틀 추장은 이렇게 답장을 보냈다.

"반짝이는 개울물과 강물은 그저 물이 아니라 우리 조상의 피와 같다. 강물 흐르는 소리는 우리 조상의 목소리이다. 강은 우리 형제이며 꽃은 우리 자매이다. 소유하지도 않은 것을 어떻게 사고팔 수 있나? 우리는 땅 일부분이며 땅은 우리의 일부분이다." 어쩌면 인디언 원주민들이 고차원적 인간이고 백인이야말로 야만적인 인간이다.

미셸 투르니에의 『방드르디, 태평양의 끝』은 기존 견해를 바꾼 이야기이다. 원주민 방드르디, 즉 프라이데이가 서술하는 로빈슨 크루소는 아주 형편없는 야만 세계의 괴물처럼 그려진다. 이따금 들어와 전등불 밝혀놓고 원시의 밤을 소란하게 하는 우리도 문명의 괴물이다.

얼마 전에는 멧돼지가 내려와 수로 건너편 논둑에서 달려들 듯 노려보는데 움찔했다. 마치 우리 영역에 들어와 왜 문명 냄새를 피우느냐고 호통하는 눈초리다. 수로 폭이 넓어 건널 수 없는지 한동안 노려보다 그냥 인근 산속으로 들어갔다. 칠흑 같은 밤, 인가 없는 허허로운 들판 한가운데 서 있으면 정말 인간은 나약한 미물 같다는 생각이 든다. 물소리, 새소리, 들짐승 소리가 독경처럼 흐르는 야생에선 인간은 동물의 상위개념이 아니라 그냥 이방 동물이다.

농사는 들짐승, 산짐승이 먹을 것도 같이 지어야 한다는 어느 노시인의 말이 섬광처럼 스친다. 가급적 인공의 냄새 줄이고 바람 한 줌, 비 한 줄금, 햇볕 한 자락으로도 울퉁불퉁 모양내는 수세미처럼 가볍게 머물면서 함께 공생할 놀이를 찾고 있다.

오랜 전설처럼 버티고 있다
움직이지 않으나 움직이는 중이다
납작하게 떨어진 고요를 허벅지에 묻어놓고

뒤뚱뒤뚱, 미루나무를 흔들어대던 작은 메추라기들이
태풍에 쓸려 굴속으로 추락하는 순간, 그는
으르렁 솟는 기둥을 잡고 파닥거리며 활주로를 벗어났다

눈썹에 내린 먼지를 털고 허공으로 길을 튼 새
아무도 웃지 않는 오후, 파르테논 신전 같은 장딴지를 세우고
매의 눈처럼 휘어진 태풍을 업었다
비듬처럼 우수수 떨어지는 하얀 고치들
대붕 한 마리 쿵쿵거리며 하늘 높이 오른다

발바닥처럼 갈라 터진 시베리아에 사과 씨 한 톨 떨궈놓고

아르헨티나 섬, 가볍게 착지하는 장자들

물고기도 아닌데 헤엄치는 물고기가 즐겁다는 것을 안다

- 이영숙, 「하늘을 나는 장자」 中

참나를 찾아가는 노정

김재국 문학박사(세광중학교 국어 교사)

이영숙 작가는 눈물 없는 사람을 좋아하지 않습니다. 울어야 할 때 울지 않는 사람을 결코 벗으로 여길 수 없다는 말입니다. 그녀는 눈물 속에서 아름다운 시가 발아하여 모든 사람이 시처럼 살 수 있기를 소망합니다. 감성을 마음의 지능지수라 할 때, 그녀의 그것은 수치화할 수 없을 정도로 높습니다. 작가의 높은 감성지수는 모든 현상과 사물에 대하여 아름답고 따뜻한 시선을 보냅니다. 이러한 시선은 '열매는 매달린 만큼의 꼭지를 만든다.'는 사실을 발견하게 됩니다. 그들이 맺어야 할 열매와 그들만큼의 꼭지를 만드는 것처럼 각자의 역할에 최선을 다할 때 우리 사회에 등불 하나를 피울 수 있다는 것입니다.

작가는 무조건적으로 짐 앞에 무릎을 꿇는 사막의 낙타와 같은 노예보다는 차라리 정글의 한 마리 사자이기를 희망합니다. 노예가 아니라 주인으로서의 삶을 선택하여 부조리한 현실의 정의롭지 못한 것에 저항할 수 있는 실천적 용기를 지니고 있습니다. 한순간도 관념이나 틀 속에 갇혀 있기를 거부하고 니체가 말한 초인의 반열에 오르고자 합니다. 태풍에 전복되기보다는 태풍을 타고 하늘을 날 수 있는 자유 정신을 예술적으로 승화시키고 있습니다.

이 책은 논술적 사고를 바탕으로 한 인문적 사유와 맞닿아 있습니다. 인문적 사유는 인간과 현실의 연관성을 인식하는 일이며, 각자의 마음속에 내재한 참나를 발견하는 과정입니다. 참나는 머리로 찾을 수 있는 것이 아니라 마음공부로만 찾을 수 있습니다. 우리는 마음속에 수많은 에고(가짜나)를 품고 있습니다. 그러나 에고에 집중하기보다는 외면의 물질과 쾌락에 현혹됩니다. 참나는 자신의 내면에 지니고 있는 에고를 마지막까지 버림으로써 찾을 수 있는 것입니다.

결국, 작가의 작품은 욕망한 깊이만큼 불행도 깊다고 판단하여 세속의 부질없는 욕망을 내려놓기를 권면합니다. 그것은 '수의에는 주머니가 없다.'는 것을 이미 알고 있기 때문에 나온 말로 여겨집니다. 이러한 작가의 글쓰기 작업은 진정한 참나를 찾아가는 노정과 다르지 않다고 하겠습니다.

사랑의 온도를 높여주는 무지개

김남권(시인, 아동문학가)

계절 없는 별, 이영숙 시인의 『낮 12시』는 아이들이 불러주는 낮 별로 떠 있다. 캄캄한 밤이라야 환하게 떠 있는 별이 아니라, 낮에도 여전히, 아니, 당연히 그 자리에서 빛나고 있는 별, 그걸 아이들은 미리 알아보고 별 선생님으로 불러주는 것이다.

별 선생님은 이영숙 시인의 심성을 가장 잘 드러낸 닉네임이라 할 것이다

『낮 12시』는 신문의 칼럼으로 연재해 오던 그의 별 같은 생각을 엮은 산문집이다. 공자와 소크라테스, 니체에 이르기까지 인문학 고 전을 두루 섭렵한 그녀의 사상과 철학이 생명과 자연이라는 가치로 심도 있게 녹아 있다. 시인으로 산다는 것은 착하게 살고 싶기 때문 이라고 한다.

아이들이 그런 시인을 먼저 알아보고 별 선생님이라고 부르는 것 은 서로 맑은 영혼이 통했기 때문이다. 언어의 온도가 사랑의 온도

가 되려면 0.7도쯤 올라가야 한다. 어머니가 아이를 품고 있는 온도다. 이영숙 시인의 체온은 항상 37.2도, 사랑의 온도가 아닐까 싶다.

『낮 12시』는 사랑의 온도를 높여주는 뜨거운 무지개가 될 것이다.

수평의 다리를 놓는 인문학적 무지개

책을 밟고 올려다본 창문 밖의 세상은 예쁘고 아름다웠습니다. 그러나 대문을 열고 나가 만난 세상은 너무 어둡고 아팠습니다. 마당을 나오지 못한 암탉(황선미, 『마당을 나온 암탉』)들과 여전히 토끼 공장(요르크 수타이너, 『토끼들의 섬』)에서 컨베이어벨트가 운반하는 음식을 놓지 못하는 회색 토끼들이 많기 때문입니다. '잎싹'이 마당을 나와 숲으로 갔듯 회색 토끼도 갈색 토끼를 따라 토끼들의 섬으로 가게 된다면 좋겠습니다.

시간을 파는 상점(김선영, 『시간을 파는 상점』)에 들러 오전 13시를 사서 붙여넣는 것도 좋겠습니다. 그러면 물고기도 아닌데 헤엄치는 물고기가 즐겁다는 것을 아는 장자처럼 해먹에 누워 정오의 햇살에 취해보는 자유도 누릴 텐데 말입니다. 그러다 이따금 대붕처럼 구만리를 날아보는 것도 신나는 일이지요. 오늘만이라도 잠시 내면아이를 불러내어 햇볕을 쬐어줍니다.